rororo

Nicolas Barreau hat sich mit seinen charmanten Frankreich-Romanen ein begeistertes Publikum erobert. Sein Buch «Das Lächeln der Frauen» brachte ihm den internationalen Durchbruch. Es erschien in 36 Ländern, war in Deutschland mit weit über einer Million verkauften Exemplaren Jahresbestseller und wurde anschließend verfilmt sowie in unterschiedlichen Inszenierungen an deutschen Bühnen gespielt.

Nicolas Barreau

DIE FRAU MEINES LEBENS

Roman

Rowohlt Taschenbuch Verlag

Neuausgabe
Veröffentlicht im Rowohlt Taschenbuch Verlag,
Hamburg, Juni 2022

Covergestaltung Hafen Werbeagentur, Hamburg,
Lettering Chris Campe, All Things Letters
Coverabbildung Mathieu Rivrin / Getty Images;
Joanna Czogala, Dasha Pears / Trevillion Images
Satz aus der Adriane bei Pinkuin Satz und Datentechnik, Berlin
Druck und Bindung GGP Media GmbH, Pößneck, Germany
ISBN 978-3-499-00374-5

Die Rowohlt Verlage haben sich zu einer nachhaltigen Buchproduktion verpflichtet. Gemeinsam mit unseren Partnern und Lieferanten setzen wir uns für eine klimaneutrale Buchproduktion ein, die den Erwerb von Klimazertifikaten zur Kompensation des CO_2-Ausstoßes einschließt.
www.klimaneutralerverlag.de

MIX
Papier aus verantwortungsvollen Quellen
FSC® C014496
FSC
www.fsc.org

Für meinen Vater.
Unvergessen.

1

Heute bin ich der Frau meines Lebens begegnet. Sie saß in meinem Lieblingscafé, ganz hinten an einem der Holztische vor der verspiegelten Wand, und lächelte mir zu. Leider war sie nicht allein. Ein – ich muss es zugeben – verdammt gut aussehender Typ saß bei ihr und hielt ihre Hand.

Ich sah sie also nur an, rührte in meinem Café crème und flehte die himmlischen Mächte an, dass etwas passieren sollte.

Ich bin Buchhändler, wissen Sie, und wenn man tagtäglich mit Büchern zu tun hat, wenn man so viele Romane gelesen hat wie ich, kommt man irgendwann zu dem Schluss, dass sehr viel mehr möglich ist, als gemeinhin angenommen wird. Mag sein, dass für manche die Literatur die angenehmste Art ist, das Leben zu ignorieren, wie Fernando Pessoa einmal geschrieben hat. Aber im Grunde will man das Leben doch nur dann ignorieren, wenn es so geworden ist, wie man es nicht haben wollte.

Ich finde, Literatur muss die Welt nicht zwangsläufig draußen vor der Tür lassen – im Gegenteil! Oft genug holt sie die Welt auch zu uns herein.

Vielleicht bin ich ein hoffnungsloser Romantiker, aber warum sollte das, was sich jemand für ein Buch ausgedacht hat, nicht auch im wahren Leben vorkommen können? Literatur kann ein wunderbarer Weg in die Wirklichkeit sein, weil sie uns die Augen öffnet für alles, was passieren kann. Was jeden Tag passieren kann!

Nehmen Sie nur den heutigen Tag. Erst war es ein ganz normaler Donnerstag im April. Jetzt ist es der wichtigste Donnerstag meines Lebens. Ich befinde mich im Ausnahmezustand. Bin schon mitten drin in einer Geschichte. In einem Roman, wenn Sie so wollen, von dem ich das Ende noch nicht weiß, weil ich dummerweise nicht der Autor bin.

Der Tag fing damit an, dass ich den Wecker überhörte, also nicht gerade spektakulär. Als ich unter der Dusche stand, klingelte das Handy – mein Freund Nathan, der wissen wollte, ob ich am Abend mit ihm ins Bilboquet gehe, seine erklärte Lieblingsjazzbar, in der schon Ella Fitzgerald gesungen hat. Aus meinen Haaren tropfte das Wasser, und ich sagte, klar, warum nicht, lass uns später noch mal telefonieren. Nathan ist einer der unkompliziertesten Menschen, die ich kenne; die Mädchen umlagern ihn in Scharen, und die Abende mit ihm sind immer lustig.

Ich trank einen Espresso im Stehen, überflog die Zeitung, und dann machte ich mich auf den Weg in die

Buchhandlung. Es hatte geregnet, und die kleinen Straßen sahen aus wie frisch gewaschen. Vormittags war nicht viel los, und ich habe mit Julie das Schaufenster neu dekoriert.

Julie ist meine Compañera in der Librairie du Soleil und die Königin der Ratgeber auf zwei (außerordentlich hübschen) Beinen.

Sie haben ein Problem mit Ihrer Schwiegermutter? Sie wollen endlich Ordnung in Ihr Leben bringen? Ihre Freundin ist mit Ihrem besten Freund abgehauen und Sie stehen kurz vor dem Selbstmord?

Verzweifeln Sie nicht! Kommen Sie einfach in unsere kleine Buchhandlung in der Rue Bonaparte, und fragen Sie nach Julie. Sie wird Ihnen mit leichter Hand für jedes Problem den entsprechenden Ratgeber heraussuchen.

Und das ist genau der Grund, warum ich mich nie in Julie verlieben könnte, obwohl sie mit ihren aufgesteckten schwarzen Haaren und dem charmanten Lächeln an die junge Audrey Hepburn erinnert.

Eine Frau, die für jedes Problem eine Lösung hat, macht mir irgendwie Angst. Im Gegensatz zu mir hat Julie ihr Leben bestens im Griff. Sie ruht in sich selbst. Sie hat immer einen Plan. Und einen Mann hat sie natürlich auch. Bleibt Antoine, also ich, zweiunddreißig, Inhaber einer halben Buchhandlung und ohne Plan. Ein Mann, der schöne Bücher ebenso zu schätzen weiß wie schöne Dessous und der seinen Kunden nur die Romane ans Herz legt, die ihm selbst gefallen.

Eigentlich hätte ich die Mittagspause dringend nutzen sollen, um Hemden in die Reinigung zu bringen und Besorgungen zu machen – der Kühlschrank war heute Morgen bis auf ein Stück Chèvre und drei Tomaten selbst für einen Junggesellen ziemlich leer. Doch dann schien nach einem kurzen Aprilschauer wieder die Sonne, die Tropfen an der Scheibe glitzerten in allen Farben, Julie sagte: «Mist, jetzt kann ich das Fenster schon wieder putzen», und ich hatte plötzlich keine Lust mehr auf Erledigungen.

«Ich geh auf einen Kaffee ins Flore», sagte ich zu Julie, die auf Strümpfen in der Auslage stand und das Plakat für eine Lesung aufhängte. Julie verzog ihren hübschen Mund. Sie mag das Café de Flore nicht besonders. Wie fast alle Pariser meidet sie die Orte, die von Touristen heimgesucht werden. Was das angeht, ist sie ein echter Snob. Ich aber bin in Arles aufgewachsen und kam erst mit siebzehn Jahren nach Paris – vielleicht habe ich deswegen so erschreckend wenig Berührungsängste mit touristischen Attraktionen.

Ich gehe gern ins Flore, der Kaffee ist gut und stark, die Kellner unerschütterlich und die Tarte Tatin nicht zu verachten, wenn man karamellisierten Apfelkuchen mag, der als solcher nicht mehr zu erkennen ist.

Na ja, ich gebe zu, auch die Vorstellung, in einem Café zu sitzen, das einst ein Literatentreffpunkt war, gefällt mir – *trotz* der Rucksacktouristen, die den Geist von Simone und Jean-Paul auch mal atmen wollen, und den ewig kichernden Japanermädchen, die nach dem Power-Shoppen mit Hunderten von schönen bunten Papiertüten an jeder Hand hier einfallen wie ein Schwarm exotischer Vögel und sich gegenseitig fotografieren.

Als ich heute das Café betrat, mich an den Holztischen, den Kellnern und der Kuchenvitrine vorbeischlängelte, um die Treppe zum ersten Stock zu nehmen – dort ist es meistens ruhiger als unten –, ahnte ich also noch nichts. Ich ahnte auch noch nichts, als ich mit einem flüchtigen Blick bemerkte, dass mein Lieblingsplatz ganz hinten in der Ecke besetzt war. Jemand saß dort hinter einer Zeitung, und ich ließ mich an einem anderen Tisch nieder, bestellte einen Kaffee und zwei Croissants und blätterte in einem kleinen Büchlein von Editions Stock, einem modernen Liebesroman, der, wenn man der Ankündigung des Verlages Glauben schenken durfte, daherkam wie ein französisches Chanson.

Vis-à-vis wurde die Zeitung mit einem leisen Rascheln zusammengefaltet und zur Seite gelegt, und als ich noch einmal hinübersah zu der Lederbank, auf der ich eigentlich hätte sitzen sollen, traf mich fast der Schlag.

Meine Güte, der Schlag, man sagt das immer so, und es ist ein so leichtfertig bemühtes Bild. Und doch war es genau das, was passierte, und ich hoffe, Sie sehen es mir nach, dass mir nichts Poetischeres oder Originelleres einfällt, um diesen einen magischen Moment zu beschreiben, an dem Zeit für mich eine neue Bedeutung bekam, ein Engel mich mit seinem Flügel streifte und die Welt auf ganze zehn Quadratmeter zusammenschrumpfte.

Eine junge Frau mit langem honigblondem Haar saß

da wie vom Himmel gefallen und sah mich mit großen braunen Augen an. Helle braune Augen, in denen winzige Goldpartikel zu tanzen schienen.

Sie lächelte kurz, und ihr Blick verweilte einen Augenblick länger auf mir als nötig. Oder bildete ich mir das bloß ein? Mir wurde heiß und kalt. Fast wäre mir das Buch aus der Hand gefallen. Und wenn schon! Was sollte ich mit einem Roman, der wie ein Chanson war, wenn mein eigenes Leben gerade anfing im Samba-Rhythmus zu schlagen?

Da saß SIE. Die Frau meines Lebens. Einfach so!

Es klingt ziemlich sonderbar, aber obwohl ich noch nicht ein einziges Wort mit ihr gesprochen hatte, wusste ich, dass es dieses Gesicht war, das ich immer vor Augen gehabt hatte und nach dem ich gesucht hatte, ohne es zu wissen, wenn ich meinen Freundinnen den Laufpass gab.

Krampfhaft umklammerte ich mein kleines Buch. Tausend Gedanken schossen mir durch den Kopf. Ich musste die Schöne am Nachbartisch ansprechen. Aber wie?

Was, um Himmels willen, sagt man in solch einer Situation?

«Hallo, ich bin Antoine. Halten Sie mich nicht für verrückt. Wir kennen uns noch nicht, aber Sie sind die Frau meines Lebens.» Lächerlich.

«Entschuldigen Sie ... aber Sie kommen mir so bekannt vor, kennen wir uns?» Der älteste Anmachspruch der Welt! Phantasielos und plump.

«Hat Ihnen schon mal jemand gesagt, dass Sie wunderschöne Augen haben?» Also wirklich, das sagt man, wenn einem gar nichts mehr einfällt!

Ich bin sonst nicht auf den Mund gefallen und habe schon so manches Mädchen mit schönen Worten rumgekriegt, aber das hier, das war was anderes, und die Angst, das Falsche zu sagen und das Ganze zu versieben, ließ mich jeden Satz, den mein Hirn mir vorschlug, verwerfen.

«*Voilà, Monsieur!*» Der Kellner kam und stellte ein kleines Silbertablett mit Croissants, heißer Milch und Kaffee vor mich hin, während sein professionell-gelangweilter Blick bereits die frei gewordenen Tische nach abzuräumendem Geschirr absuchte.

Die Frau meines Lebens ließ derweil anmutig ein Tütchen Zucker in ihren Jus d'Orange rieseln. Ich hätte ihr am liebsten jeden einzelnen ihrer wunderhübschen Finger geküsst.

Als ob sie meine Gedanken gelesen hätte, stützte sie die Arme auf, leckte einige Zuckerkörnchen von ihrem Zeigefinger und sah wieder zu mir herüber. Eine Kette mit zierlichen Kugeln aus Gold und Glas baumelte über dem Ausschnitt ihres eng anliegenden schwarzen Kleides und lenkte meinen Blick auf den Ansatz zweier kleiner runder Brüste, die sich unter dem Stoff abzeichneten. Ein paar winzige Sommersprossen waren auf die seidige Haut getupft, und ich konnte nicht anders, als mir vorzustellen, wie wunderbar es sein müsste, ihr den Büstenhalter aufzuhaken und diese weichen weißen Täubchen in meinen Händen zu halten. Ich schluckte, sah wieder hoch und fühlte mich ertappt. Ihre Augen glänzten belustigt, als sich unsere Blicke erneut trafen. Dann verzog sich ihr roter Mund zu einem breiten Lächeln.

Ich lächelte auch und versuchte dabei so sympathisch, intelligent und konspirativ auszusehen wie möglich.

Julie sagt immer, wenn ich mir Mühe gebe, sehe ich ein bisschen aus wie Brad Pitt. Das machte mir Mut. Wirklich, ich bin eigentlich ganz ansehnlich, eher der jungenhafte Typ, aber viele Frauen mögen so was. Ich setzte mich auf und holte tief Luft.

Sie sah mich über den Raum hinweg erwartungsvoll an.

Nun sag was, Idiot, befahl ich mir streng. *Geh zu ihr hin und sprich sie an!* Mein Mund war plötzlich ganz trocken. Ich nahm einen viel zu großen Schluck von meinem Kaffee und verbrühte mir die Zunge. Leise fluchend setzte ich die Tasse ab. Das Porzellan schepperte wie ein Symphonieorchester, das Stockhausen spielt, und der Kaffee schwappte über. Auch das noch! Was für eine erbärmliche Vorstellung!

Sie schlug sich die Hand vor den Mund. Sie lachte.

Während ich mit der Serviette die kleine Pfütze auf meinem Tisch beseitigte, grinste ich entschuldigend. Am liebsten hätte ich ihr erklärt, dass ich nicht immer so ungeschickt und schafsköpfig war. Diese Frau machte mich nervös wie keine andere, das war klar. Immerhin schien sie nicht abgeneigt. Sie wickelte spielerisch eine Strähne ihres honigblonden Haars um den Zeigefinger und vertrieb sich die Zeit.

Mein Gott, was hätte ich jetzt für eine Zigarette gegeben! Unwillkürlich tastete ich nach meiner Schachtel. Dann fiel mir dieses verdammte Rauchverbot wieder ein. Völlig widernatürlich! Ich meine – Kaffee und Zigaretten –, das sind die zwei Dinge, die einfach zusammengehören in der westlichen Welt. Dieses Gesetz wird unser Lebensgefühl, ja unsere ganze Kultur verändern. Und hat beispielsweise irgendjemand von den Verantwortlichen da oben schon mal darüber nachgedacht, was es für einen hochgradig verliebten Mann bedeutet, in einem Café nicht rauchen zu dürfen? Geradezu unmenschlich ist das!

Hör auf zu philosophieren, Feigling! Frag endlich, ob du sie zu einem Kaffee einladen darfst, mahnte meine innere Stimme.

«Würden-Sie-einen-Kaffee-mit-mir-trinken-Würden-Sie-einen-Kaffee-mit-mir-trinken?» Der Satz fuhr Karussell in meinem Kopf, bis mir ganz schwindelig wurde davon. Und dann, einen Moment bevor die verdammten Worte endlich ihren Absprung in die Wirklichkeit schafften, erhob sich die Frau meines Lebens kurz von ihrem Sitz und winkte erfreut.

Tragischerweise galt ihr Winken nicht mir. Aus den Augenwinkeln sah ich, wie ein großer, dunkelhaariger Mann zielstrebig auf den Tisch zusteuerte, an dem meine Schöne saß. Er sah aus wie Professor Severus Snape, wenn der seinen guten Tag hat.

«*Ça va, ma belle?*» Er umarmte sie, bevor er sich ihr gegenüber setzte und seine braune Lederjacke lässig über einen Stuhl warf.

Ma belle? Ungehalten starrte ich den Eindringling an, der von den bösen Blicken, die sich in seinen Rücken bohrten, leider nichts mitbekam.

Ich hätte dem Kerl am liebsten den Hals umgedreht. Hier einfach so reinzuplatzen! In meinen großen Moment. Zu meinem Unglück musste ich feststellen, dass die Frau meines Lebens das offenbar anders sah. Sie redete und lachte, und ich war schon vergessen. So sind die Frauen!

Jetzt nahm Snape kurz ihre Hand. Sie sah ihm in die Augen, sehr zärtlich, wie ich fand, und ich hatte plötzlich eine Vorstellung davon, wie es sein musste, in der Hölle zu schmoren.

Das konnte nicht sein! Das durfte nicht sein! War dieser Typ am Ende etwa ihr Mann? Mit fieberhaftem Blick suchte ich die Hände der beiden ab und seufzte erleichtert. Immerhin, es gab keine Eheringe! Das musste nichts bedeuten, aber es war auf jeden Fall besser, als wenn es anders gewesen wäre. Vielleicht war er ihr Freund, aber ich hoffte inständig, dass er wirklich nur ein Freund war. Vielleicht ein schwuler Freund ...

Ich verschanzte mich hinter meinem Buch wie ein Privatdetektiv, tat so, als ob ich lesen würde, blätterte dann und wann eine Seite um, stopfte mir ein Stück Croissant in den Mund und beäugte die beiden misstrauisch.

Leider konnte ich nichts von dem verstehen, was sie redeten, weil direkt neben mir zwei Freundinnen saßen, die sich mit durchdringenden Stimmen angeregt über irgendwelche blöden Schuhe unterhielten. Dann über ihre Typen. Dann darüber, dass die eine in den Ferien auf die Malediven fliegen wollte.

Ich weiß nicht, wie lange ich so dasaß, wahrscheinlich war es nicht mal eine Viertelstunde, aber es kam mir vor wie eine grauenvolle Ewigkeit. Schließlich beugte sich mein Rivale zu seiner Tasche herunter und kramte etwas hervor. Fotos! Urlaubsfotos?

Meine Schöne stieß kleine Schreie des Entzückens aus, während sie die Aufnahmen betrachtete. Verräterin! Und doch – welch anbetungswürdige Verräterin! Als sie die Fotos zurückgab und ihr Typ für einen Moment abtauchte, um sie wieder in seiner Tasche zu verstauen, schenkte sie mir wieder diesen mutwilligen Blick und ein wahrhaft bezauberndes Lächeln. Das Buch in meiner Hand zitterte. Dieses stumme Spiel machte mich krank. Mir waren die Hände gebunden. Ich verharrte in der Zeit wie ein Somnambuler im Mondschein. Und damit sind wir fürs Erste wieder am Anfang meiner kleinen Geschichte.

Nein – nicht ganz.

Ich sah sie also nur an, rührte in meinem Café crème und flehte die himmlischen Mächte an, dass etwas passieren sollte.

Und dann passierte tatsächlich etwas.

Die Frau meines Lebens stand auf und ging zu den Toiletten.

Als sie zurückkam, zwinkerte sie mir kurz zu und ließ mit einer überraschenden Bewegung ein Kärtchen auf die Tischplatte fallen. Darauf standen – mit blauer Tinte hastig hingekritzelt – ein Name und eine Telefonnummer. Sonst nichts. Mein Herz machte einen freudigen kleinen Hüpfer. Und so begannen die aufregendsten vierundzwanzig Stunden meines Lebens.

2

Ich blickte ihr nach, wie sie in ihrem schwarzen Kleid an ihren Tisch zurückschlenderte, als ob nichts gewesen wäre. Der Duft eines schweren und doch feinen Parfüms streifte mich. Ich starrte auf ihren kleinen Hintern, den sie so nachlässig vor meinen Augen schwenkte, und konnte mein Glück kaum fassen. Natürlich nicht nur wegen des entzückenden Hinterns. Aber auch.

Ich meine, wie oft passiert so etwas? Wie oft geschieht im Leben eines Mannes ein Wunder? Irgendjemand da oben hatte tatsächlich mein Flehen erhört, und ich überlegte für einen kurzen Moment, ob ich mich im Zeitalter Dan Browns und der Entmystifizierung höherer Wesen nicht doch wieder einreihen sollte in die Schar der Gläubigen.

Sie hieß Isabelle. Es gibt keinen schöneren Namen. Antoine und Isabelle. Isabelle und Antoine. Wie gut das zusammenpasste. Ich hatte ihre Telefonnummer, und die Zukunft lag vor mir wie ein einziger endloser Frühlingstag.

Langsam und in der unmäßigen Hoffnung, noch etwas zu finden, drehte ich die kostbare, kleine weiße Karte um. Auf der Rückseite erwartete mich tatsächlich eine Botschaft.

Rufen Sie mich in einer Stunde an. Ich würde Sie gern wiedersehen.

Ich konnte mich gerade noch beherrschen, die kleine Karte nicht hochzureißen und an meine Lippen zu drücken.

Ja, ja! Nichts lieber als das! Wahrscheinlich musste sie ihren Snape erst mal abhängen.

Dann las ich das Postskriptum mit den drei kleinen Pünktchen.

Sie haben Ihr Buch übrigens die ganze Zeit verkehrt herum gehalten ...

Welch entzückende Unverschämtheit! Das würde ich sie aufs Schönste büßen lassen!

Am Tisch gegenüber bezahlte der dunkle Hüne jetzt die Rechnung, nicht wissend, was hinter seinem Rücken gelaufen war. Isabelle zog sich derweil in aller Seelenruhe die Lippen nach. Dann stand sie auf, ließ sich in den Trenchcoat helfen und griff nach ihrem roten Schirm. Ich weiß noch genau, dass mir die Farbe auffiel.

Dass dieser rote Schirm noch eine wichtige, ja lebenswichtige Rolle für mich spielen würde, ahnte ich natürlich nicht.

Die schöne Isabelle hakte sich scherzend bei ihrem stattlichen Begleiter ein und verließ mit ihm das Café de Flore, ohne mich eines weiteren Blickes zu würdigen.

Und wäre da nicht die kleine Karte in meiner Hand gewesen, ich hätte alles für einen schönen Traum gehalten.

Rufen Sie mich in einer Stunde an. Ich schaute auf meine Uhr. Es war kurz vor zwei, meine Mittagspause eigentlich fast schon vorbei, aber was machte das schon. Eine Stunde trennte mich noch von meinem Glück. Dachte ich.

Ich verlangte die Rechnung, gab dem erstaunten Kellner ein viel zu hohes Trinkgeld, ließ mein Buch auf dem Tisch liegen und trat hinaus in die Aprilsonne.

Die Luft war klar, das Leben war schön und Paris die beste aller Städte, um verliebt zu sein. Ich zündete mir eine Zigarette an, nahm einen tiefen Zug und entließ eine kleine weiße Wolke in den Himmel.

Ist es nicht erstaunlich, mit welcher Leichtigkeit man jedes noch so blöde Klischee akzeptiert, wenn man glücklich ist?

3

Wer je verliebt war und zum Warten verdammt, weiß, wie lang eine Stunde sein kann. Ich war viel zu aufgeregt, um in die Buchhandlung zurückzugehen, und beschloss zur Seine hinunterzulaufen. Nein wirklich, Julies prüfenden Blick hätte ich jetzt nicht ertragen können. Ich wollte allein sein mit meinen Gedanken. Als ich die Straße überquerte, lief ich fast vor ein Taxi. Bremsen kreischten.

«He, Idiot! Hast du keine Augen im Kopf?», schrie der entnervte Taxifahrer aus dem heruntergekurbelten Fenster. «Willst du jetzt schon sterben, hä, willst du das?!»

Ich hob beschwichtigend die Hand und ging weiter. Nein, sterben wollte ich auf keinen Fall. Nicht heute. Aber Paris war an dieser Stelle definitiv zu voll und zu laut für einen Verliebten.

Ich schlug den Weg zum Pont des Arts ein. Noch eine Dreiviertelstunde! Genug Zeit, um in die Tuilerien zu flüchten. Unter den alten Kastanienbäumen, die schon angefangen hatten, zu blühen und ihren süßen Duft zu verbreiten, würde ich mir einen schönen ruhigen Platz auf einer Bank suchen, um Isabelle vom Handy aus anzurufen.

Der Pont des Arts hing wie eine Hängebrücke über der Seine. Ein paar Schwarze hatten ihre Prada- und Louis-Vuitton-Imitate auf grauen Decken ausgebreitet, eine junge Frau zeigte ihrem kleinen Sohn den Eiffelturm, der in der Ferne aufragte, und auf der anderen Seite machte ein Student ein Foto von seiner Freundin, die vor der Kulisse von Pont Neuf und Île de la Cité am Geländer lehnte.

Ich betrachte alles mit großem Wohlwollen. Mit beschwingtem Schritt verließ ich die Brücke, überquerte die Straße – diesmal, ohne mich überfahren zu lassen – und wandte mich nach links. Immer wieder tastete ich nach dem Kärtchen in meiner Hosentasche. Und immer wieder durchfuhr mich dieses wahnsinnige Glücksgefühl. Bald hatte ich den Louvre und die Glaspyramide hinter mir gelassen. Ich war unterwegs zu meiner schönen Sphinx, die mir erst ihr Lächeln geschenkt hatte und mir bald hoffentlich auch ihr Herz schenken würde.

Die kleinen Steinchen unter meinen Schuhen knirschten. Ich war in den Tuilerien angekommen, suchte mir eine leere Bank unter einer Kastanie und sah den Kindern zu, die auf dem nahe gelegenen Teich kleine Boote fahren ließen. Ein paar Spaziergänger schlenderten langsam durch den Park. Es roch nach Kastanienblüten und nach frisch gemachten Crêpes.

Inzwischen war es zwanzig vor drei. Ich holte die

kleine Karte aus der Hosentasche und strich zärtlich über den Schriftzug. *Isabelle* ... In wenigen Minuten würde ich sie anrufen. Wir würden uns verabreden. Ich würde sie zum Abendessen einladen. In ein kleines intimes Restaurant. St. Germain war voll davon. Wir würden uns gegenübersitzen und miteinander reden, als ob wir uns schon immer gekannt hätten. Und irgendwann würde ich ihre Hand nehmen. Ich würde ihr die blonden Haare aus der Stirn streichen und dann ... Ich legte das Kärtchen neben mich auf die Bank, schloss die Augen und sah ihr schönes ovales Gesicht vor mir, die hohen Wangenknochen, die goldfunkelnden braunen Augen, den spöttischen roten Mund, der sich ein wenig öffnete ...

Etwas zupfte mich am Ärmel, und das Bild zerfloss. Ich öffnete erstaunt die Augen. Vor mir stand ein kleines Mädchen mit blonden Zöpfen, das mich neugierig betrachtete.

«Was ist mit dir?», fragte sie. «Tut dir was weh? Oder schläfst du?»

Ich musste lachen. «Nein, nein, mir tut nichts weh. Ich schlafe auch nicht. Ich träume nur.»

«War es ein schöner Traum?»

«Oh, ja. Sehr, sehr schön.»

«Du siehst nett aus. Wie heißt du?»

«Antoine. Und wie heißt du?»

«Sandrine.» Sie legte den Kopf schief. «Willst du mal mein neues Boot sehen?» Stolz hielt sie mir ein kleines Segelboot entgegen.

Ihr Zutrauen rührte mich. Normalerweise versuche

ich, Kinder eher zu vermeiden. Nicht dass ich ein Kinderhasser wäre, aber das ewige Geplapper und Gefrage kann einem schon ziemlich auf die Nerven gehen, finde ich. Kinder sind von einer beängstigenden Ausdauer in dem, was sie tun oder wollen. Meine Strategie in Zügen, an Stränden, in Hausfluren oder auf öffentlichen Plätzen ist daher, den direkten Blickkontakt zu vermeiden. Sonst wird man unweigerlich in endlose Gespräche verwickelt, muss Fragen beantworten, Bälle zurückschießen oder helfen, das fehlende Puzzle-Teil zu finden. Mit anderen Worten – mit der Ruhe ist es vorbei.

«So eines hättest du auch gern, was?»

Ich nickte. «Wirklich ein tolles Boot.»

«Willst du mitkommen? Ich lass es jetzt fahren.» Die Kleine ließ nicht locker.

Ich sah auf die Uhr. Zwölf Minuten vor drei!

«Würde ich gern, aber ich kann nicht. Ich muss jetzt gleich einen ganz wichtigen Anruf machen, weißt du?»

Sie hüpfte vor mir auf und ab. «Mein Papa macht auch immer ganz wichtige Anrufe.»

«Sandrine ... Sandrine! Was machst du denn da? Lass den Herrn in Frieden und komm!» Eine junge Mutter mit Kinderwagen war auf dem Weg stehen geblieben und sah entschuldigend zu uns herüber.

«Ist schon okay», rief ich zurück. Seltsamerweise hatte ich unsere kleine Konversation genossen.

«Ich komme, *maman!*» Sandrine hüpfte los, drehte sich noch einmal kurz um und winkte mir zu. «Wiedersehn, Antoine!»

Ich hob die Hand zum Gruß und blickte der kleinen Familie versonnen nach. Eigentlich waren Kinder ganz süß. Ich stellte mir gerade vor, wie Isabelles und mein Kind wohl aussehen würde, als ein leises Platschen an mein Ohr drang.

Ich sah auf die Bank, dorthin, wo meine kleine Karte friedlich lag, und meine Augen weiteten sich vor Entsetzen. Ein verdammter Vogel hatte mitten auf die Karte geschissen!

«So eine *Scheiße!*», fluchte ich, und mir fiel nicht einmal auf, wie äußerst zutreffend meine Worte diesmal waren.

Obwohl ich so gut wie nie Schnupfen habe, gehöre ich glücklicherweise zu den Männern, die immer ein Stofftaschentuch dabeihaben. Für den Notfall. Dies war ein Notfall!

Ich riss das Taschentuch hervor, kniete mich vor die Bank und versuchte, die Vogelscheiße zu entfernen. Ekelhaft. Ich wischte und rieb, und als der Dreck ab war, fehlte leider auch die letzte Ziffer von Isabelles Telefonnummer. Fassungslos starrte ich auf die blassblaue Tintenhieroglyphe, die bis zur Unkenntlichkeit verschmiert war.

«Nein!», schrie ich und schlug mit der Faust auf die Bank. «Nein, nein, nein!» Es war fünf Minuten vor drei. Perfektes Timing.

Ich hätte mich ohrfeigen können. Erst hatte ich es nicht geschafft, die Frau meines Lebens *rechtzeitig* anzusprechen. Das war schon unverzeihlich genug. Dann hatte ich unverdienterweise ihre Telefonnummer bekommen und *so* schlecht darauf aufgepasst, dass ein Vogel darauf *scheißen* konnte. Im Film hätte ich das sicherlich irrsinnig komisch gefunden. Ein echter Schenkelklopfer! Ich lachte verzweifelt auf. Gab es einen größeren Idioten auf diesem Erdenrund als mich? Einen größeren Pechvogel? Vor wenigen Sekunden noch war ich Antoine im Glück. Jetzt war ich Antoine kurz vor dem Durchdrehen.

Ich setzte mich auf die Bank und versuchte mich zu beruhigen. Die geschlossene Anstalt war keine Lösung, das wurde mir schnell klar. Trotzig starrte ich auf die Telefonnummer, die allmählich vor meinen Augen verschwamm.

So schnell würde ich nicht aufgeben. Ich kaute auf meiner Unterlippe herum, bis es schmerzte. Ich dachte nach. Eigentlich war es ganz einfach. Etwas mühsam zwar, aber nicht hoffnungslos. Dann musste ich eben zehn Anrufe machen statt einen. Jedes Mal mit einer anderen Endziffer.

Irgendwann würde ich Isabelle erreichen, ich würde ihr alles erklären. Zugegeben, ein schlechter Start, aber Hauptsache, ein gutes Ende. Es war drei Uhr. Ich nahm mein Handy und fing an, die ersten Ziffern einzugeben, als ich bemerkte, dass sie mir keine Handynummer gegeben hatte. Das war eine Pariser Festnetznummer, ganz klar. Verdammter Mist! Vielleicht konnte sie nur um drei Uhr in Ruhe telefonieren? Wie viel Zeit blieb mir noch? Und was war, wenn ihr blöder Snape ans Telefon ging? Ich wollte sie auf keinen Fall in Schwierigkeiten bringen. Ich musste diskret sein. Das war ich ihr schuldig.

Fieberhaft überlegte ich, was ich sagen konnte, wenn sie nicht direkt am Telefon war. Dann kam mir eine geniale Idee. Ich würde einfach sagen, dass das Buch, das sie bestellt hätte, jetzt da wäre, und meine Nummer hinterlassen. Zu dumm, dass ich nur ihren Vornamen hatte. Egal, ich hatte keine Wahl. Ich musste jetzt vor allem eines sein: schnell.

Hastig gab ich die restlichen Zahlen ein und startete mein Russisch Roulette mit der Endziffer 1.

Es klingelte ein paarmal durch. Dann schaltete sich ein Anrufbeantworter ein. Eine Automatenstimme wiederholte noch einmal die Nummer des gewählten Anschlusses und verkündete mir, dass der Teilnehmer im Moment leider nicht zu erreichen sei, dass ich aber eine Nachricht hinterlassen könnte. Piep.

Ich hasse es, wenn Leute ihre Anrufbeantworter nicht mal selbst besprechen. Ich holte tief Luft.

«Ja ... äh ... hallo. Hier spricht Antoine. Antoine Bellier von der Buchhandlung Librairie du Soleil. Dies ist eine Nachricht für Isabelle ... äh ...» Ich hustete ein paarmal und sprach dann rasch weiter: «Ich wollte nur sagen, dass das Buch, das Sie bei uns bestellt haben, jetzt da ist.» Während ich noch redete, fiel mir siedend heiß ein, dass sie meinen Namen ja gar nicht kannte. Wie also sollte sie diesen Anruf und den Kaffeetassenumwerfer aus dem Café de Flore in Zusammenhang bringen? «Äh ... ja», stotterte ich hilflos. «Es handelt sich um ... äh ... den

Roman ‹Der Mann aus dem Café de Flore›. Wenn Sie das Buch heute nicht abholen können, rufen Sie uns doch bitte kurz zurück.» Ich nannte meine Handynummer und hoffte, dass die geheime Botschaft ankommen würde. *Wenn* es überhaupt Isabelles Nummer war, die ich gewählt hatte.

Ich zog mein Notizbuch hervor, schlug eine leere Seite auf und schrieb die gewählte Nummer hinein mit dem Vermerk «Anrufbeantworter». Ich musste jetzt ganz systematisch vorgehen. Nicht dass mir in der Aufregung noch ein weiterer Fehler unterlief.

Inzwischen war es fünf nach drei. Ich befand mich noch im grünen Bereich. Nun war die Endziffer 2 dran. Wieder drückte ich die Tasten und presste mein Ohr gegen den Hörer.

«*Oui?*»

Diesmal war es unverkennbar eine menschliche Stimme, die sich meldete, und eine weibliche dazu. Mein Herz klopfte. Am liebsten hätte ich in den Hörer geschrien: «Isabelle, bist du es?» Aber ich beherrschte mich.

«*Bonjour.* Hier spricht Antoine Bellier», begann ich, freundlich und vorsichtig wie ein Versicherungsvertreter. «Entschuldigen Sie die Störung, aber waren Sie zufälligerweise heute Mittag im Café de Flore?»

Ein unwirscher Laut war am anderen Ende der Leitung zu hören.

«Spreche ich da mit Madame ... Isabelle ...», versuchte ich es weiter, dann wurde mir das Wort abgeschnitten.

«Hören Sie, wenn das wieder so ein blödes Telefonmarketinggespräch ist, können Sie sich Ihren Atem sparen», schrie es in mein Ohr. «Ich will weder etwas kaufen noch günstiger telefonieren, noch etwas gewinnen, noch stehe ich für eine Umfrage zur Verfügung. Alles klar? Das kotzt mich echt langsam an!»

«Bitte», flehte ich, obwohl mir eigentlich klar war, dass es sich bei dieser kreischenden Hexe nicht um meine schöne Fee aus dem Flore handeln konnte. «Sagen Sie mir nur eines – heißen Sie Isabelle?»

«Isabelle?» Sie lachte höhnisch. «Wollen Sie mich verarschen?» Es machte Klick, und die Leitung war tot.

Seufzend strich ich die Nummer 2 in meinem Notizbuch durch. Egal, abhaken, weitermachen. Es war zehn nach drei. Und aller guten Dinge waren drei. Neues Spiel, neues Glück.

Ich wählte die nächste Nummer. Ein Kind war am Apparat. Ein Kind? Sie hatte ein Kind? Und wenn schon! Eine Traumfrau nahm man auch mit Kind.

«Hallo?», sagte das Stimmchen.

«Ja, hallo. Hier spricht Antoine Bellier ... Sag mal, kann ich deine Mama mal sprechen?»

«Hallo?», wiederholte das Stimmchen. «Hallo?»

Dann knackte es, und das Gespräch war beendet. Ich hätte durch den Hörer springen können.

Ich weiß, dass manche Eltern es ganz bezaubernd finden, wenn ihre Sprösslinge ans Telefon gehen. Ich finde, es ist die Pest. Meine Schwester lässt auch immer ihre kleine Claire an den Apparat, weil das *so süß* ist. Manchmal dauert es ewig, bis die kleinen Monster endlich gewillt sind, die Person zu holen, die man eigentlich sprechen will.

Fluchend drückte ich auf die Wahlwiederholung und legte einen heiligen Eid ab: Wenn ich mal Kinder hatte, durften die erst ans Telefon, wenn sie in der Lage waren, ganze Sätze zu sprechen.

«Hallo?» Wieder das Stimmchen. Ich heulte innerlich auf.

«Hallo, mein Schatz, hier ist noch mal der Antoine», flötete ich in die Leitung. Ich war der böse, böse Wolf, der Kreide gefressen hatte, aber das wusste das dumme Schäfchen nicht. «Gibst du mir mal die Mama?»

«Die Mama ist nicht da.»

Wenn das meine Isabelle war, zählte sie nicht zu den Geduldigsten. Ein paar Minuten hätte sie schon mal warten können, fand ich.

«Wann kommt deine Mama denn wieder?», fragte ich.

«Weiß nich», sagte das Stimmchen kläglich.

Ließ diese Mutter ihr Kind stundenlang allein? Einen Augenblick hatte ich Mitleid mit der kleinen Stimme, dann beschloss ich, mich wieder auf das Wesentliche zu konzentrieren.

«Sag, mal, ... wie heißt deine Mama denn?», fragte ich.

Das Stimmchen kicherte.

«Du stellst vielleicht komische Fragen. Mama natürlich.»

«Hmm.» Ja, natürlich. Ich hatte vergessen, dass Kinder ihre eigene Logik haben. «Und was sagt der Papa zu der Mama?» Ich klopfte mir innerlich auf die Schulter. Man muss eben nur wissen, wie man mit den Kleinen redet.

«Der Papa?» Das Stimmchen schien zu überlegen. «Der Papa sagt immer *mon bijou.*»

Okay. So kam ich nicht weiter.

«A-h ... ja! Sag mal, mein Schatz, hat die Mama dunkelblonde Haare?», bohrte ich weiter.

«Weiß nich. – Was ist dun-kel-blond?» Sie sprach es aus wie ein chinesisches Gericht.

Tja, wie erklärt man einem Kleinkind, was eine Haarfarbe ist. Die Frage machte mich offen gestanden sprachlos. Dann hörte ich Geräusche im Hintergrund, eine Männerstimme fragte: «Marie, wer ist denn da am Telefon?» Ich ahnte nichts Gutes.

«Da ist ein Mann, der will wissen, was du zur Mama sagst und ob die Mama dunkel-blonde Haare hat», erklärte Marie aufgeregt.

«WAS?» Ich sah förmlich, wie der kleinen Marie der Hörer aus der Hand gerissen wurde.

«Robert Petit hier, wer ist denn da?» Er klang misstrauisch. Aggressiv. Ein Mann, der keinen Spaß verstand. War das Professor Snape?

Artig sagte ich mein Sprüchlein auf.

«Antoine Bellier hier. Entschuldigen Sie vielmals, Ihre ... äh ... Frau ... Madame ... äh ... Isabelle ... Petit hatte bei uns ein Buch bestellt ...», stotterte ich los.

«Hier gibt es keine Isabelle Petit, und ich würde wirklich gerne wissen, was Sie die Haarfarbe meiner Frau angeht. Im Übrigen ist Claudine brünett. Sind Sie ein Perverser oder was? Unterstehen Sie sich, noch einmal hier anzurufen und uns zu belästigen!»

Ich dankte dem Herrn, dass ich dem eifersüchtigen Ehemann nicht auf der Straße begegnet war, murmelte etwas von falscher Nummer und legte betreten auf.

Noch sieben Nummern. Es war Viertel nach drei! Die Zeit arbeitete gegen mich, aber tut sie das nicht immer irgendwie?

Unter der vierten Nummer meldete sich wieder eine Frau. Diesmal sogar mit Namen.

«Dubois?» Es klang entspannt und freundlich, ein wenig erwartungsvoll sogar, und mein kleines dummes Herz wusste wieder mal alles besser und begann wie wild zu schlagen. Ich musste bereits mit Tonnen von Adrenalin vollgepumpt sein – wie viel von dem Stresshormon verträgt ein menschlicher Körper, bevor das Kammerflimmern einsetzt? Ich sah die Schlagzeile *Mann telefoniert im Park – Herzschlag! Wie gefährlich sind Handys?* plötzlich deutlich vor mir.

«Hallo?», fragte die Stimme mit einer Engelsgeduld. «Wer ist denn da?»

Ich verdrängte den Gedanken an meinen vorzeitigen Tod und hoffte auf ein Wunder. Warum konnte ich nicht endlich Glück haben, und es war die unvergleichliche Isabelle?

«Bitte verzeihen Sie die Störung ... Ich war eben, also vor etwa einer Stunde im Café de Flore ...»

«Ja ... und?» Madame Dubois klang belustigt.

«Sagen Sie – Sie sind nicht zufälligerweise die schöne Frau mit dem roten Schirm, die mir ihre Telefonnummer gegeben hat?», platzte ich heraus. «Sind Sie es, Isabelle?» Bitte, sag Ja, sag Ja, beschwor ich sie stumm.

Madame Dubois lachte. «Ich fürchte, ich kann Ihnen nicht weiterhelfen, junger Mann. Ich heiße Céline. Und das schon seit vierzig Jahren. Aber in einem anderen Leben wäre ich gerne diese Isabelle gewesen ...»

Ich ließ enttäuscht die Schultern sinken. «Ja, dann ... war das wohl die falsche Nummer. Tut mir leid», sagte ich lahm.

«Das macht doch nichts», erwiderte sie. «Einen schönen Tag noch.»

Ich drückte die Nummer weg. Es war halb vier. Es war zum Verzweifeln. Plötzlich merkte ich, wie mich jemand anstarrte.

Eine alte Dame mit kurzen grauen Löckchen und einem grünen Mäntelchen saß auf der Nachbarbank, ihr weißes Hündchen auf dem Schoß. Auch das Hündchen glotzte angriffslustig in meine Richtung. Offenbar saß die Alte schon eine ganze Weile dort und hatte zugehört, wie ich telefonierte.

Jetzt stand sie auf, stellte ihr Hündchen auf den Boden und schüttelte missbilligend den Kopf.

«Wissen Sie, Sie sollten sich schämen, junger Mann. Zu meiner Zeit war man nicht so ... so ... wahllos.» Sie zog an der Leine, und der blöde Pinscher kläffte mich feindselig an.

Ich weiß, dass man seine Wut nicht an hilflosen alten

Leuten auslassen soll und auch nicht an Tieren, aber ich überlegte tatsächlich einen Moment, ob es wirklich ein Verlust für die Welt gewesen wäre, wenn ich diese misanthropische Alte nebst ihrem Köter mit der Hundeleine erdrosselt hätte.

Stattdessen erhob ich mich von der Bank, richtete mich zu voller Größe auf, breitete die Arme aus und machte laut «Buh!».

Zu Tode erschreckt, eilte die Dame mit dem Hündchen davon.

4

Ich muss zugeben, dass mich allmählich ein wenig der Mut verließ. Wer weiß, ob es überhaupt eine Isabelle gab? Vielleicht hatte sich die Schöne aus dem Café nur einen Scherz mit mir erlaubt. Vielleicht stimmte die ganze blöde Nummer nicht, und ich machte mich hier zum Affen. Andererseits – diese Blicke. Ihr Lächeln. Da war etwas zwischen uns abgelaufen, ich hatte es genau gespürt.

Traurig sah ich auf mein kleines Handy, das auch schon schönere Telefonate erlebt hatte. Ich war so deprimiert, dass ich die Melodie, die plötzlich so fröhlich an mein Ohr drang, erst gar nicht zuordnen konnte. Es war mein Handy, das zu mir sprach.

Mein Handy klingelte!

Mein Gott, das war SIE. Der Anrufbeantworter! Isabelle rief mich zurück. Hastig drückte ich die Annahmetaste, mein Herz schlug einen Salto.

«Isabelle? ... Isabelle?», stieß ich atemlos hervor.

Einen Moment lang herrschte irritiertes Schweigen.

Dann sagte eine kühle Stimme, die mir sehr bekannt vorkam, gedehnt:

«Nein ... hier ist leider nur Julie. Spreche ich mit dem Mann, der vor Stunden auf einen Kaffee ins Flore entschwunden ist und nie mehr wiederkam?»

Oh, mein Gott, Julie! Die hatte ich völlig vergessen.

«Julie! Es tut mir leid, Julie ... ich ... es ist ... es ist was dazwischengekommen. Hör zu, ich bin grad total im Stress. Ich muss ein paar dringende Telefonate machen. Bitte, frag jetzt nichts! Ich komme, so schnell es geht.»

«Was soll das heißen, Antoine?» Oh, Mann, sie klang echt sauer. «Hör mal, deine Frauengeschichten interessieren mich nicht, aber ich hab auch Erledigungen zu machen, und ich find's nicht gerade toll, wie du mich hier hängen lässt.»

«Julie», bat ich, «bitte sei ein Schatz! Ich wollte dich nicht hängen lassen, aber es sind ganz unglaubliche Dinge passiert. Ich bin der Frau meines Lebens begegnet, und ich sollte sie um drei Uhr anrufen, und dann hat so ein verdammter Vogel auf die Telefonnummer geschissen, und die Nummer war verwischt, und ich habe nur den Vornamen, und ich muss noch sechs Anrufe machen, und zwar so schnell wie möglich, sonst ist es zu spät.» Ich holte kurz Luft nach diesem Mammutsatz. «Es geht um ALLES, Julie, verstehst du?»

Ich muss wirklich ziemlich verzweifelt geklungen haben, denn Julies Stimme wurde plötzlich ganz sanft.

«Um Gottes willen, Antoine, beruhige dich», sagte sie, «du bist ja völlig durch den Wind.» Ich lauschte in den Hörer und nickte, während ich vor der Parkbank auf und ab ging. «Ich habe zwar nicht alles verstanden, aber erklär's mir lieber später in Ruhe.» Ich hörte sie seufzen. «Also, wenn es um *alles* geht, dann muss ich hier wohl die Stellung halten. Und jetzt tu, was du tun musst. Viel Glück! Du wirst es schon schaffen. Und melde dich, wenn ich dir irgendwie helfen kann, hörst du?»

Ich hätte sie umarmen können!

«Danke, Julie», sagte ich leise. «Danke, danke, liebe Julie.»

Ich gestattete mir einen Moment der Ergriffenheit, dann drückte ich erneut auf die Wahltaste. Julie hatte vollkommen recht. Ich durfte nicht aufgeben, auch wenn es bereits halb vier war und die schöne Isabelle mich vielleicht schon abgehakt hatte.

Unter der Endziffer 5 meldete sich ein Mann, der vielleicht noch verzweifelter war als ich. Das heißt, er meldete sich nicht wirklich, mit Namen oder so, er fing gleich an, mit erregten Worten auf mich einzureden.

«*Florence?* Florence, hör mir zu! Hör mir einfach nur zu, ich flehe dich an», schrillte es in mein Ohr.

Mann, der Typ war echt fertig. Ich war zwar nicht Florence, aber ich tat ihm den Gefallen. Die Panik in seiner Stimme machte mich neugierig. Ich gebe es nur ungern zu, aber irgendwie tröstete mich die Vorstellung, dass ich nicht der einzige unglückliche Mann in Paris war.

«Ich liebe nur dich, *ma petite*», beschwor der Unglückliche seine Liebste. «Das solltest du doch wissen. Bitte leg nicht wieder auf ... Es ist alles anders, als du denkst ...»

Oje! Diesen Satz kannte ich, weil ich ihn, wie ich zu meiner Schande gestehen muss, selbst schon gesagt hatte. Der Satz eines Mannes, der seine Frau betrogen hatte und dabei dummerweise erwischt worden war. Ich erinnerte mich noch sehr gut an die hübsche Jeanette, die leider die SMS von Laurence auf meinem Handy entdeckt hatte und völlig ausgerastet war, als ich ihr etwas erklären wollte, was man eigentlich nicht erklären kann.

Ich drückte auf die Aus-Taste und dachte zum ersten Mal darüber nach, dass der Satz *Es ist alles anders, als du denkst* wirklich ziemlich lächerlich klang, wenn man ihn so hörte.

Nachdenklich strich ich die Endziffer 5 durch und notierte: «Betrügerischer Mann/Florence».

Allmählich hatte ich das Gefühl, einiges zu lernen bei diesem sonderbaren Telefonmarathon. Waren das vielleicht die Prüfungen des Papageno, bevor er seine Papagena endlich in die Arme schließen durfte?

Ich lehnte mich einen Moment auf der Bank zurück und starrte in den Himmel, an dem die Wolken sich jagten wie die Männer die Frauen. Heute war ich Jäger und Gejagter zugleich. Noch selten hatte ich mich so gehetzt gefühlt, so getrieben von dem Gefühl, etwas ganz Entscheidendes zu verpassen, wenn ich nicht Himmel und Hölle in Bewegung setzte.

Eine seltsame Unruhe hatte sich meiner bemächtigt, wie man sie nur empfindet, wenn man spürt, dass grundstürzende Veränderungen sich anbahnen. Und doch war alles nur in meinem Kopf. Alles – bis auf die

Frau aus dem Café, ein Name, eine Telefonnummer und drei ganze Sätze.

Mir wurde ein wenig schwindlig, aber das lag vielleicht auch daran, dass ich außer den paar Bissen Croissants noch nichts gegessen hatte. Ich überlegte kurz, ob ich es mir leisten konnte, wertvolle Minuten zu verlieren und mir ein belegtes Baguette zu holen, und kam zu dem Schluss, dass es wichtiger war, bei Kräften zu bleiben.

Wer weiß, welche Herausforderungen dieser Tag noch für mich bereithielt. Was das anging, lag ich zumindest nicht falsch.

Ich ging zu einem Stand an der gegenüberliegenden Seite des Parks und kaufte ein Schinkenbaguette und eine Dose Cola. Danach fühlte ich mich schon wieder besser. Irgendwie profan, aber manchmal sind es eben die profanen Dinge, die helfen, Dinge wie Essen und Trinken.

Ich kehrte zu meiner Bank zurück und zielte mit der leeren Cola-Dose auf einen Abfalleimer. Traf ich hinein, würde der nächste Anruf der richtige sein.

Die Dose flog gegen die Kante des Metalleimers, balancierte einen Augenblick unschlüssig auf dem Rand und fiel dann hinein.

«Ja!» Triumphierend schlug ich mit der Faust in meine Hand.

Es war Viertel vor vier, und ich wähnte mich am Ziel meiner Wünsche. Berauscht drückte ich die Handytasten. Inzwischen musste ich dazu nicht mal mehr auf mein verschmiertes Kärtchen schauen.

Endziffer 6 bescherte mir in der Tat ein denkwürdiges

Telefonat. Zunächst klingelte es ein paarmal durch, ohne dass irgendjemand dranging. Offenbar gab es auch keinen Anrufbeantworter. Ich wollte gerade schon wieder auflegen, als endlich doch noch abgenommen wurde.

Am anderen Ende der Leitung war schweres Atmen zu hören.

Ich presste das Ohr an den Hörer und fühlte mich wie ein Voyeur, der nichts sah. Hauchte da jemand gerade sein Leben aus? Oder hatte ich gar den schrecklichen Snape beim heftigen Sex mit meiner Traumfrau gestört?

Das Atmen ging weiter. Irgendwie unheimlich.

Ich wartete einige Sekunden, dann beschloss ich dem Spuk ein Ende zu machen.

«Hallo?», fragte ich energisch.

«Dimitri? Dimitri? ... Bist du es, mein Junge?» Die zittrige Stimme einer alten Frau, die sich ebenso plötzlich wie schrill erhob, brachte mein armes Trommelfell fast zum Platzen. Ich zuckte zusammen. Erschreckt rückte ich das Handy von meinem Ohr ab. Wirklich, die alte Dame schrie so laut in den Hörer, als ob sie die Entfernung Paris – St. Petersburg allein kraft ihres Organs hätte überbrücken müssen. Immerhin schien sie noch äußerst lebendig.

«Nein, nein – das ist nicht Dimitri, hier ist Antoine», beeilte ich mich zu sagen, erleichtert, dass es nicht Snape gewesen war, der aus amourösen Gründen so in den Hörer gekeucht hatte. «Sagen Sie ...»

«Dimitri?», schrie die alte Dame unbeirrt weiter. «Sprich lauter, mein Jungchen, ich kann dich kaum hören!» Sie hatte unverkennbar einen russischen Akzent, und ich sah plötzlich den Geist Anastasias auferstehen, der verschollenen Tochter des letzten Zaren. Inzwischen war sie eine verschrumpelte Hundertjährige, saß mit wirrem Haar und Spitzennachthemd in einer Pariser Altbauwohnung, schlürfte Tee aus dem Samowar und rief ab und zu «Dimitri-Dimitri» ins Telefon.

«Bitte, Madame», versuchte ich es noch einmal, «ich bin nicht Dimitri. Ich wollte nur fragen ...»

«Aaah, das ist schön, dass du anrufst! Wann kommst du, mein Jungchen! Habt ihr schön gespielt? Ich frrreue mich so. Deine Cousine frrreut sich so. Wir alle!»

Die Alte war offensichtlich verrückt. Oder taub. Oder beides zusammen. Aber vielleicht war sie der Weg zu Isabelle. Ich holte tief Luft.

«Hier ist Antoine!», schrie ich in den Hörer, so laut ich konnte, «ANTOINE! NICHT! DIMITRI!» Ich machte eine Pause und hoffte, dass meine Worte in Paris–St. Petersburg angekommen waren.

Die Alte schwieg. Dann fragte sie misstrauisch:

«Antoine? Sind Sie ein Freund von Dimitri? Kommen Sie morgen auch zur Hochzeit?»

«Nein ... ja ... ich ...» So hatte es keinen Sinn. Ich beschloss, alle Erklärungen wegzulassen. Das würde die alte Anastasia nur unnötig verwirren.

«Kann ich bitte Isabelle sprechen? Es ist dringend», sagte ich langsam und betonte jede Silbe.

Die alte Dame summte glücklich den Donauwalzer, und ich verlor die Beherrschung.

«Wohnt bei Ihnen eine Isabelle?», schrie ich sie an.

Der Walzer erstarb.

«Isabelle? – Nein, die wohnt *nicht* hier», entgegnete die Zarentochter streng. «Schreien Sie nicht so, ich bin nicht taub.» Dann kehrte sie übergangslos zu ihrem Lieblingsthema zurück. «Aaah ... Dimitri ... so eine Freude! Hat er so eine schöne Braut gefunden. Schöner als die schöne Wassilissa.» Sie kicherte wie ein junges Mädchen. «Das ganze Orchester wird spielen zur Hochzeit», sagte sie verträumt. Dann schien sie sich wieder an mich zu erinnern. «Kommen Sie auch zur Hochzeit von Dimitri?»

«Nein!», schrie ich und legte auf, bevor sie noch einmal Dimitri sagen konnte. Ich denke, es hätte auch kein gutes Ende genommen, wenn ich bei Dimitris Hochzeit aufgekreuzt wäre. Falls die überhaupt stattfand und nicht nur die Erfindung einer durchgeknallten alten Russin war.

Mürrisch zückte ich mein Notizbuch, strich die 6 durch und schrieb «Gaga-Russin / Dimitri» dahinter.

Das Cola-Dosen-Orakel von Paris hatte jedenfalls nicht viel gebracht. Im Grunde war es genauso ein Reinfall gewesen wie das Orakel von Delphi. Wenn es wirklich drauf ankam, halfen einem diese blöden Orakel nämlich auch nicht weiter. Am Ende konnte man sich doch nur auf sich selbst verlassen.

Der Himmel hatte sich verdüstert. Der Park leerte sich. Mittlerweile war es vier Uhr. Und ich hatte noch vier Versuche.

5

Seit genau einer Stunde telefonierte ich nun schon der Frau meines Lebens hinterher. Eine ganz neue Erfahrung. Eine Scheiß-Erfahrung. Ich musste an all die Frauen denken, die sich bei mir beschwert hatten, weil ich nicht zurückgerufen hatte. Ich war erschöpft. Es war anstrengend, in so viele Mikrokosmen einzutauchen, auf der Suche nach der einen Supernova.

Ich wählte die nächste Nummer. Wieder meldete sich eine Frau, die Stimme klang jung und französisch. Ich hörte laute Musik und meinte Coralie Clement zu erkennen, die in voller Lautstärke ein Liedchen hauchte.

«Ja, bitte?»

Ich nannte meinen Namen und fragte, ob ich mit Isabelle sprechen würde.

«Nein … hier ist Natalie …»

Es wäre auch zu schön gewesen. Ich sah mich schon die Nummer 7 von meiner Liste streichen. Doch dann sagte das Mädchen am Telefon etwas, was mich von jetzt auf gleich ins Universum der Glückseligen katapultierte.

«Kann ich etwas ausrichten?»

«Heißt das, Sie kennen Isabelle?» Ich war so aufgeregt, dass mir fast die Stimme versagte und meine Frage mehr gekrächzt als gesprochen klang.

«Ja, klar», antwortete sie erstaunt. «Wir wohnen zusammen, aber sie ist grad nicht da.»

«Oh, mein Gott! Das ist ja wunderbar», rief ich ekstatisch. Ich sprang von der Bank auf und vollführte einen kleinen, irren Tanz. Das war *bon*, das war sogar *su-perbon*, das war das Beste, was mir je in meinem Leben passiert war.

«Was? Dass sie nicht da ist?», fragte das Mädchen amüsiert.

«Nein, nein», beeilte ich mich zu sagen.

Ich war so wahnsinnig erleichtert, dass die ganze Geschichte aus mir heraussprudelte. Die Worte hüpften mir geradezu von der Zunge. Ich erzählte, dass ich Isabelle im Café getroffen hatte, dass ich mich auf der Stelle in sie verliebt hatte, dass ich mich nicht getraut hatte, sie anzusprechen, wie sie mir ihre Telefonnummer gegeben hatte und was für ein verdammtes Pech ich dann gehabt hatte.

«Aber nun ist ja alles gut», schloss ich meinen abenteuerlichen Bericht. «Ich muss Isabelle wiedersehen. Am besten heute noch. Sie sind ihre Freundin, bitte helfen Sie mir.»

Natalie überlegte einen Moment. Im Hintergrund sang Coralie Clement «*Le samba de mou cœur qui bat*», ich konnte es deutlich hören. Alles passte. Sogar die Musik.

«Ich fürchte, das wird schwierig», sagte Natalie

schließlich. «Heute Abend ist Isabelle nicht zu Hause, und morgen fährt sie für zwei Wochen ans Meer, nach Deauville zu ihrer Mutter.»

Ich sah mich schon in meinem kleinen Auto nach Deauville rasen. In zwei Wochen konnte viel passieren. Nein wirklich, ich hatte nicht vor, mich so kurz vor dem Ziel abwimmeln zu lassen.

«Natalie, kommen Sie! Es muss doch eine Möglichkeit geben, dass ich Isabelle vorher noch sehen kann. Bitte, haben Sie ein Herz für einen bis über beide Ohren verliebten, ungeduldigen Mann.» Ich gab alles. «Hören Sie, ich bin nicht irgend so ein blöder Frauenaufreißer, der Ihrer Freundin nachstellt. Sie selbst hat mir ihre Nummer gegeben, bedenken Sie das! Ich bin Buchhändler, ich habe einen festen Wohnsitz, ich habe ein gesichertes Einkommen, ich meine es ernst.»

Ich hörte, wie sie lachen musste. Dann zögerte sie kurz, und ich hoffte, dass sie sich auf meine Seite schlug.

«Also gut, Antoine», sagte sie schließlich. «Sie können wirklich einen Stein erweichen. Im Moment kann ich Isabelle nicht erreichen, weil ihr Handy kaputt ist, aber ich glaube Ihnen. Und Sie haben Glück im Unglück. Ich bin gleich mit Isabelle im Musée Rodin verabredet. Kommen Sie einfach dazu, dann können Sie ihr Ihre kleine bewegende Geschichte selbst erzählen.»

Frauen sind wunderbare Geschöpfe!

«Ich komme», rief ich. «Wann soll ich da sein?»

«Treffen wir uns um siebzehn Uhr draußen im Skulpturengarten. Beim ‹Denker›. *À tout à l'heure!*»

Sie legte auf. Ich schloss einen Moment die Augen und atmete aus. Dann klappte ich mein Notizbüchlein zu, steckte das Handy in die Hosentasche und marschierte los.

Ein leichter Regen setzte ein, als ich die Tuilerien verließ und wieder in Richtung Seine lief. Ich fand alles ganz wunderbar. Das Musée Rodin lag am anderen Ufer, im Faubourg Saint-Germain, dem Regierungsviertel. Ich konnte es bequem zu Fuß erreichen, ohne mich abhetzen zu müssen. Ich schüttelte den Kopf. Wenn ich das Nathan erzählen würde!

Es war zehn Minuten nach vier, und meine Suche hatte ein Ende. Die Frau meines Lebens wartete einen Steinwurf entfernt in einem Skulpturengarten auf mich.

Muss ich wirklich noch sagen, wie glücklich ich war?

6

Mit einem Lächeln auf den Lippen überquerte ich den Pont Royal und kam wieder am linken Ufer der Seine an. Das Musée Rodin kannte ich gut. Erst kürzlich war dort eine Ausstellung gewesen. Erotische Zeichnungen von Rodin. Ich muss zugeben, dass sie mir nicht so gut gefallen hatten, wie ich gedacht hatte. Aber das Museum mochte ich sehr. Die wunderbaren Skulpturen von Rodin und seiner unglücklichen Geliebten Camille Claudel begeisterten mich jedes Mal aufs Neue. Schon oft war ich um die schöne Danaide herumgestrichen, eine meiner Lieblingsskulpturen von Rodin, eine liegende Nackte in weißem Marmor, von der man sich wünscht, sie würde plötzlich lebendig, eine Frau aus Fleisch und Blut, weil sie so wunderschön war mit ihrem kopfüber geworfenen, langen Haar und dem vollkommenen Rücken, der in einem anbetungswürdigen kleinen Hintern endete. Sofort hatte ich wieder Isabelles Gestalt vor Augen. Die Danaide war lebendig geworden. Ich stellte mir Isabelles seidige Haut unter dem schwarzen Kleid vor, und mir wurde ganz anders. Paris kann einen schwindlig machen, vor allem, wenn man verliebt ist.

Ich bog in die Rue du Bac ein, musste am belebten Boulevard Saint-Germain an einer roten Ampel warten, um diesen zu überqueren, und lief dann weiter die Rue du Bac entlang.

Ich überlegte, warum Isabelle in das Museum ging. Einfach so? Oder hatte sie etwas mit Kunst zu tun? Ich dachte an ihre ausgefallene Kette und musste plötzlich über mich selbst lachen. Meine Güte, selten genug in meinem Leben hatte ich mir eine Frau so genau angeschaut. Für eine Studentin schien sie mir allerdings zu alt und auch zu gut angezogen.

Bald erreichte ich die Rue de Grenelle, die die Rue du Bac kreuzt. Meine Schritte hallten auf dem Pflaster, als ich an den hohen alten Häusern vorbeilief. Hier wohnten die ältesten Adelsfamilien Frankreichs.

Es gibt Tage, da ist man in diesen Straßen manchmal ganz allein. In diese Gegend verirrt sich kaum mal ein Tourist. Hier ist Paris sehr still. Antiquitätengeschäfte liegen in friedlicher Eintracht neben Bäckern und Traiteuren, bei denen man mittags zu raisonablen Preisen gekochtes Huhn mit Chicorée-Gemüse bekommt und ein gutes Glas Rotwein dazu.

Kurz vor dem Musée Maillol, einem hübschen, aber kleinen Museum, das man leicht übersieht, wenn man es nicht kennt, kam ich an einem winzigen Blumenladen vorbei. Ich blieb einen Moment stehen und sog den frischen feuchten Duft ein. Es roch nach April, das schwöre ich. In glasierten dunkelblauen Tonkübeln, die treppenförmig zu beiden Seiten des fast quadratischen Ladens aufgebaut waren, gab es violette und blaue Hortensien, Rosen in allen Farben, zarte Ranunkeln, hellblaue Vergissmeinnicht und langstielige Tulpen mit riesigen Blütenkelchen.

Hinter einem blanken dunkelbraunen Holztisch gegenüber der Eingangstür stand eine ältere Frau mit aufgesteckten braunen Haaren und lächelte mich an.

Ich folgte dem Lächeln und trat ein. Wäre es nicht eine nette Geste, wenn ich Isabelle ein paar Blumen mitbrächte – sozusagen als Entschuldigung dafür, dass ich sie nicht pünktlich angerufen hatte?

Nathan sagt immer, man kann viel verkehrt machen bei den Frauen, aber nicht mit Blumen. Er muss es wissen, schließlich ist er Psychologe, und die Frauen lieben ihn alle. Ich weiß nicht, wie er das macht, aber ich habe noch keine Frau schlecht über Nathan reden hören, obwohl er auch nicht perfekt ist.

«C'est pour une femme?», wollte die Blumenhändlerin wissen, als ich unschlüssig vor den Kübeln stand.

Ja, die Blumen waren für eine Frau, für eine ganz besondere Frau sogar. Ich ließ mir einen hübschen Strauß aus Rosen, Ranunkeln und Vergissmeinnicht binden und bewunderte die Geschicklichkeit, mit der die Verkäuferin das duftige Bouquet in dickes himmelblaues Papier einschlug. Sie drehte das Papier zu einer spitzen Tüte und klebte die Enden mit einem runden goldenen Etikett zusammen.

Ich wollte schon bezahlen, da überlegte ich, dass es noch netter wäre, wenn ich auch für Natalie, meine konspirative Freundin unbekannterweise, einen Strauß mitbrächte. Immerhin hatte ich ihr einiges zu verdanken.

«Ja ... und dann brauche ich *noch* einen Strauß», erklärte ich der erstaunten Blumenfrau.

«Auch für eine Frau?», fragte sie und zog die linke Augenbraue hoch. Das konnte sie echt gut.

«Äh ... ja», erwiderte ich und wurde zu meinem Ärger rot. Allmählich verwandelte ich mich in einen Siebzehnjährigen. Aber so ist das wohl mit der Liebe. Man kann noch so viel erlebt haben, wenn es einen wirklich erwischt hat, ist es aufregend wie beim ersten Mal.

«Es sind ... äh ... Schwestern», fügte ich überflüssigerweise hinzu, während sie die Blumen aus den Kübeln zupfte.

Wahrscheinlich hielt sie mich jetzt für einen Don Juan, jedenfalls wickelte sie mir auch den zweiten Strauß sehr liebevoll ein.

Ich zahlte, und sie drückte mir die beiden Bouquets in die Hände und zwinkerte mir zu.

«*Bonne chance*», sagte sie. Viel Glück!

Und so trat ich hinaus in die Sonne, die inzwischen die Wolken wieder vertrieben hatte. Ich war gewappnet mit Rosen und Ranunkeln, begleitet von den guten Wünschen einer Blumenfrau und getragen von dem Gefühl, dass die Welt mir verdienter- oder unverdienterweise gewogen war.

7

Als ich in die Rue de Varenne einbog, an deren Ende das Musée Rodin lag, sah ich schon von Weitem die Schlange vor dem Eingangstor. Offenbar war das Museum populärer, als ich dachte, oder ein Veranstalter machte mit seiner Reisegruppe eine Führung. Es war zehn vor fünf, na, das konnte ja heiter werden!

Normalerweise bin ich, was das Anstehen angeht, brav wie ein Engländer. Aber heute war eben nichts normal, auf keinen Fall wollte ich meine Schöne zum zweiten Mal warten lassen, und so lief ich an der Schlange vorbei, trat beherzt und ohne auf böse Blicke zu achten von der Seite an die Kasse und erklärte, dass ich im Museumsgarten verabredet sei, nur etwas abgeben wollte, was ja nicht mal gelogen war, und deswegen *sofort* ins Museum hineinmüsse.

Der Mann an der Kasse grinste, als er die beiden Blumensträuße sah, und winkte mich durch, ohne den Schein, den ich ihm hinhielt, zu nehmen. Manchmal war es eben doch von Vorteil, wenn man fließend französisch sprach. In Paris auf jeden Fall.

Aufgeregt eilte ich in den Museumsgarten und stellte mich vor den *Penseur*, der im Schatten der in Form geschnittenen Zypressenbäumchen nachdachte, ohne je zu ermüden. Hinter der sitzenden Gestalt, die hoch oben auf ihrem Sockel thronte und ein Bild der Ruhe bot, ragte die goldene Kuppel des Invalidendoms in den Himmel. Sie glänzte in der Sonne, eine wahre Pracht, doch dafür hatte Antoine Bellier, ein Bild der Unruhe, in diesem Moment verständlicherweise keinen Sinn.

Es muss wirklich ziemlich komisch ausgesehen haben, wie ich da so stand, mit meinen zwei Sträußen, meinen regenfeuchten braunen Locken, meinen blauen Augen, die aufgeregt den kleinen Park absuchten, und meinem heftig klopfenden Herzen.

Es war Punkt fünf Uhr. Ein älteres japanisches Ehepaar näherte sich freudig und fragte, ob ich ein Foto machen könnte. *Could you take a photo, please? With the sculpture?*

Ja, natürlich musste der verdammte Denker mit drauf. Mit verkniffenem Lächeln ließ ich mir die kleine Kamera geben und trat ein paar Schritte zurück. Ich machte die schnellsten zwei Fotos meines Lebens und verabschiedete die Leute aus Sushi-Land ungeduldig. Sie hörten gar nicht mehr auf, sich zu bedanken. Zwei Minuten später stand ich wieder an meinem Platz. Aber eine Frau mit honigblondem Haar war weit und breit nicht zu sehen.

«Sie sehen so aus, als würden Sie auf jemanden warten.»

Eine helle Stimme erklang hinter mir.

Eine Viertelstunde hatte ich nun schon vor der Rodin-Skulptur ausgeharrt, ohne mich zu rühren. Es war wie bei dem beliebten Kinderspiel «Figurenwerfen», wo man sich nicht mehr bewegen darf, bis das andere Kind den Zauber löst. Allmählich war ich selbst schon zum Denkmal erstarrt. «Der Wartende».

Ich drehte mich um. Vor mir stand ein großes Mädchen. Eine Flut kastanienbrauner Locken fiel ihr fast bis zur Taille und rahmte ein herzförmiges Gesicht ein, aus dem mich grüne Katzenaugen neugierig musterten. Das Mädchen grinste und schlug ein Ende ihres gestrickten bunten Wollschals, den sie um den Hals gewickelt trug, nach hinten.

«Ich bin Natalie», sagte sie und streckte mir ihre Hand hin. «Und Sie sind der ungeduldige Antoine, was?» Sie kaute lässig auf einem Kaugummi herum. Ich hätte gerne etwas sehr Schlagfertiges geantwortet. Hübsche Mädchen fordern mich immer dazu heraus. Stattdessen nickte ich nur, von tiefer Erleichterung erfüllt. Ehrlich, die Warterei hatte mich ziemlich mürbe gemacht.

«Ja, der bin ich», sagte ich demütig. «Danke, dass Sie gekommen sind.»

Ich klemmte mir beide Sträuße unter den Arm und schüttelte ihr die Hand.

«Ist schon okay», entgegnete sie, kaute weiter ihr Kaugummi und legte den Kopf ein wenig schief. Es sah sexy aus, und ich wäre nicht erstaunt gewesen, wenn sie plötzlich eine Blase gemacht und sie vor ihrem Mund hätte zerplatzen lassen.

Sie war noch ziemlich jung, höchstens Mitte zwanzig, und wirkte wie eine Studentin mit ihren verwaschenen Jeans und dem grünen Pulli. Eine üppige Brünette, die Art Mädchen, von der Nathan immer mit einem Zungenschnalzen sagt: «Oh, là, là – an der ist was dran.»

«Was schleppst du denn da mit dir rum?», fragte sie und starrte auf die zwei himmelblauen Blumentüten, die allmählich aus meiner Armbeuge rutschten. «Ist doch okay, wenn ich ‹du› sage, oder?»

«Okay» schien eines ihrer Lieblingswörter zu sein.

«Ja ... klar», erwiderte ich verlegen. Ich nahm eine der beiden Tüten, die mit den Tulpen, und hielt ihr die Blumen unter die Nase. «Die sind für dich, danke noch mal.»

Meine Güte, meine Konversation war auch schon mal inspirierter gewesen. Ich wurde zunehmend unruhig. Wo war Isabelle? Ich merkte, wie das Herzklopfen wieder anfing.

«Hey, du bist ja richtig süß», stellte Natalie anerkennend fest. Sie bemerkte, wie meine Blicke nervös umherschweiften.

«Isabelle wartet dahinten.» Sie zeigte in Richtung Café und grinste komplizenhaft. «Ich bin sozusagen die Vorhut. Du weißt schon, überall lauern böse Männer. Komm mit!»

Sie hakte sich freundschaftlich bei mir unter und plauderte mit ihrer hellen Stimme in mein Ohr. Offenbar konnte sich die schöne Isabelle nicht mehr daran erinnern, dass sie es war, die mir ihre Telefonnummer gegeben hatte.

Das fand ich irgendwie merkwürdig. Immerhin lag der beherzte Kartenwurf ja gerade mal ein paar Stunden zurück. Hatte sie Alzheimer? Oder war das ein Spiel? Ich überlegte einen Moment und kam zu dem Schluss, dass meine Schöne ihre Überraschung vielleicht nur geheuchelt hatte, weil sie bei ihrer Freundin nicht den Eindruck erwecken wollte, sie werfe fremden Männern im Café wahllos ihre Telefonnummer zu.

Andererseits, fuhr meine Begleiterin fort, tauschte man unter Studenten ja ständig Nummern aus, und Isabelle hatte es vielleicht einfach nur vergessen.

Sie kicherte und mir sank das Herz.

Auf jeden Fall sei Isabelle sehr neugierig gewesen, als Natalie ihr eben im Museum von meinem Anruf erzählt hätte. Und es sei okay gewesen – okay –, dass sie mich einfach so hierher bestellt hätte.

«Ich meine», schloss Natalie ihren kleinen Bericht und schüttelte ihre Lockenpracht, «wie oft kommt es schon vor, dass ein Mann sagt, man sei die Frau seines Lebens? Echt – die meisten Typen wollen sich doch heute überhaupt nicht mehr committen. Ich hab zu Isabelle gesagt, hey, der Typ ist voll okay, den solltest du dir wenigstens mal anschauen ...»

Sie blieb mit einem Ruck stehen.

«Et voila!», sagte sie triumphierend. «Die schöne Isabelle. – Der verliebte Antoine.»

Mir fielen fast die Augen aus dem Kopf. Der Himmel stürzte über mir ein. Ein Tsunami schwappte über mir zusammen.

Vor mir lehnte eine junge Frau an der Wand, die blond war und Isabelle hieß. Aber damit hörte jede Ähnlichkeit auch schon auf.

Enttäuscht sog ich die Luft ein.

Die falsche Isabelle sah mich an und runzelte nachdenklich die Stirn.

«*Salut, Antoine*», sagte sie zögernd. «Kennen wir uns?»

Natalie blickte irritiert vom einen zur anderen.

Ich schüttelte verzweifelt den Kopf und stöhnte.

Nein, das hier war nicht die Isabelle, die ich gesucht hatte, meine Königin von Saba, die Frau mit den Goldfunkelaugen und dem schön geschwungenen roten Mund.

Das hier war irgendeine Studentin mit kurzem Fransenschnitt, die zufälligerweise Isabelle hieß. Ein apartes Mädchen mit Sommersprossen und einem feinen Gesichtchen, sehr zierlich, fast schon mager, ein Jean-Seberg-Typ, wenn man auf so was stand.

Ich schluckte.

«Das ist nicht die richtige Isabelle», sagte ich heiser und zu Natalie gewandt. «Tut mir leid.» Die Worte fielen schwer wie Kieselsteine. Ich war wirklich erschüttert, anders kann ich es nicht sagen. Das war doch, verdammt noch mal, nicht fair! Ich hatte mich meinem Ziel so nahe gewähnt, und jetzt war alles wieder in weite Ferne gerückt. Ich konnte von vorne anfangen und hatte noch wertvolle Zeit verloren. Ich hätte heulen können. So ballte ich nur schweigend eine Hand zur Faust und drückte sie mir gegen die Stirn, so fest ich konnte.

Natalie hatte vor Schreck aufgehört, ihren Kaugummi

zu kauen. Mit nahezu empathischem Gespür erfasste sie die Tragik des Augenblicks.

«Oh, Mann!», sagte sie nur. «Oh, Mann!»

Dann fasste sie zögernd an meinen Arm, der sich so anfühlte, als gehörte er nicht zu mir.

«*Merde*, das tut mir echt leid, Antoine», sagte sie und kaute weiter. «Das ist sooo schade. Und ich dachte schon ...» Sie unterbrach sich. «Ach was, komm, lass uns einfach was trinken gehen, okay?» Natalie schaute mir ins Gesicht und sah mich fragend an.

Ich rang mich zu einem Lächeln durch.

«Ist schon okay», antwortete ich und verfiel unwillkürlich in ihren Sprachduktus. «Das ist nett, aber ... Es ist besser, wenn ich weitersuche. Viel Hoffnung hab ich eh nicht mehr.» Ich wollte mich gerade von den beiden Mädchen verabschieden, die mich mit mitfühlenden Blicken anstarrten, als mir noch etwas einfiel.

«Hier», sagte ich und hielt der falschen Isabelle den Blumenstrauß hin, der für die Frau meines Lebens bestimmt gewesen war. «Nichts für ungut.»

Wie fröhlich die Rosen, Ranunkeln und Vergissmeinnicht aus dem himmelblauen Papier herausragten. Als ob nicht alles anders gewesen wäre! Die Natur blieb immer gleich, egal ob es einem toll ging oder beschissen.

Außer in den Novellen des neunzehnten Jahrhunderts, musste ich plötzlich denken und fand meine Gedankensprünge selber etwas bizarr. Da spiegelte die Natur immer die Stimmung des Hauptthelden wider.

Wenn es danach gegangen wäre, hätte sich der Himmel jetzt verdüstern müssen, aber die Sonne schien unbeeindruckt weiter.

Die kleine Isabelle bedankte sich. Die große Natalie hieb mir noch mal aufmunternd auf die Schulter.

«Kopf hoch, Antoine! Das wird schon. Du weißt doch, wo ein Wille, da ein Weg.»

Sie sah sehr schön aus mit ihren grünen Augen und der Sonne auf ihrem langen Haar. Ich hätte mich vielleicht in sie verlieben können, wenn sich nicht das Bild von Isabelle unauslöschlich in meine Netzhaut eingebrannt hätte.

«Ruf einfach an, wenn wir dir helfen können. Lass von dir hören, okay?» Sie grinste und sah mich bedeutungsvoll an. «Die Nummer hast du ja.»

Ich nickte und schaute den beiden Freundinnen nach, die jetzt lebhaft miteinander redeten.

Natalie drehte sich noch einmal um. «Hey, Antoine ... Antoine!», rief sie fröhlich. «Wir finden dich nämlich auch sehr nett.»

Ich winkte ihr zu. Dann waren die beiden verschwunden, und ich war wieder allein.

8

Allmählich leerte sich das Museum. Im Garten wurde es ruhig. Es war Viertel vor sechs. Ich trottete mit hängenden Schultern zu den «Bürgern von Calais» und stellte mich neben die traurige Gruppe, die den Widerstand französischer Bürger gegen die Ungerechtigkeit der Welt verkörperte.

Der passende Ort, um die letzten drei Telefonate zu führen, die noch möglich waren, dachte ich bitter. Es fiel mir schwer, nach diesem riesigen Reinfall einfach so weiterzumachen. Warum hatte es nicht die richtige Isabelle sein können?

Antoine, jetzt ersauf nicht in Selbstmitleid, sondern reiß dich zusammen.

Ich blickte auf. Hatte einer der Bürger zu mir gesprochen? Mit einem Seufzer zog ich mein Notizbüchlein hervor. Ich malte langsam die 7 und schrieb dahinter: «Falsche Isabelle/Reinfall». Dann strich ich die Wörter wieder durch und schrieb: «Natalie/nett».

Als ich mein Handy in die Hand nahm, sah ich auf

dem Display einen Briefumschlag. Ich hatte eine SMS. Sie war von Nathan.

Konnte dich nicht erreichen. Bleibt's bei heute Abend? Bin um neun im Bilboquet. N.

Ich simste kurz zurück.

Entweder um neun im Bilboquet oder ich ruf dich an. Hab was zu erzählen. Antoine.

Immerhin, ich hatte einen Freund. Der Gedanke, wenigstens Nathan heute noch zu sehen, tröstete mich. Und wer weiß, ob sich in den nächsten Minuten nicht doch noch alles zum Guten wenden würde. Beherzt wählte ich die nächste Nummer. Die achte.

Diesmal ging alles sehr schnell. Eine Automatenstimme von der Telefongesellschaft, die mir gleichmütig erklärte, dass dieser Anschluss zurzeit nicht vergeben war. *Ce numero n'est pas en service ...*

Merde! Na gut, das war wenigstens eindeutig.

Ich unterbrach die Verbindung und machte gleich mit der 9 weiter.

«*Allooo?* Hier bei Rüdi's, was kann ich für Sie tun?», säuselte eine männliche Stimme in mein Ohr.

Das war nie und nimmer der dunkle Hüne aus dem Café de Flore!

«Mit wem spreche ich denn bitte?», fragte ich verwirrt. War das Isabelles Arbeitsstelle?

«Sie sprechen mit Rüdi, was kann ich für Sie tun?», fragte die Stimme wieder. Es klang unbeirrt freundlich und irgendwie ... affektiert.

«Also, hier ist ... Antoine ...» Im letzten Moment entschied ich mich, das «Bellier» wegzulassen. Nachnamen spielten offenbar sowieso keine Rolle.

«Kann ich ...» Ich beschloss direkt aufs Ganze zu gehen. «Ist Isabelle zu sprechen?»

«Ooooh», Rüdis Stimme klang besorgt. «Isabelle arbeitet leider nicht mehr bei uns.»

«So ein Mist», entfuhr es mir. «Sagen Sie ...»

«Moment, Moment! Lassen Sie mich sehen ...»

Ich hörte, wie Seiten umgeblättert wurden, und hoffte, dass Rüdi nach Isabelles Privatnummer suchte.

«Aaah ... *parfait*», säuselte es jetzt in mein Ohr. Offenbar hatte Rüdi die Nummer gefunden.

«Hören Sie, Monsieur Antoine, warum versuchen Sie es nicht mit Marianne? Die kann ich auch sehr empfehlen. Und sie hätte in der nächsten Woche noch Termine frei», setzte er triumphierend hinzu.

Mir verschlug es die Sprache! Was für ein Etablissement war *das*? Etwa ein «Massage»-Salon? Grüße aus dem Moulin Rouge? Plötzlich sah ich halb nackte Blondinen vor mir, die sich auf Eisbärenfellen rekelten, ihre großen Brüste mit den Händen zusammenquetschten und mir ihr «Ruf-mich-an!» entgegenstöhnten. War die Frau meines Lebens am Ende so eine? Nein, ausgeschlossen! Und doch ...

Plötzlich nagte an mir der Zweifel. War es nicht sehr ungewöhnlich, dass Isabelle mir, einem Fremden, einfach so ihre Telefonnummer und ihren Namen gegeben hatte? Ohne ein Wort. Heimlich. Hinter dem Rücken ihres Begleiters?

Klar träumte jeder Mann, dass ihm so etwas mal passierte in seinem Leben, aber ich hatte noch nie einen kennengelernt, dem es tatsächlich passiert war. Keine seriöse Frau tut so etwas.

Ich merkte, wie mir schwindelte und stützte mich gegen einen der Bürger von Calais.

Wie hatte ich so naiv sein können! Andererseits – wenn sie nicht mehr ... dort ... arbeitete, warum hatte sie mir dann diese Nummer gegeben?

«*Allooo?*», meldete sich Rüdi wieder zu Wort. «Sind Sie noch da?»

Vor meinen Augen drehten sich die kleinen Bäumchen des Museumsgartens in einem anmutigen Tanz.

«Äh ... ja ...», entgegnete ich unschlüssig.

Ehrlich, ich wusste selbst nicht mehr genau, ob ich noch da war.

«*Alors*, was ist nun, wollen Sie einen Termin bei Marianne oder nicht?» Rüdi wurde ein wenig ungeduldig.

Ich schwieg. Ich wollte die Isabelle aus dem Café. Die, die auf die kleine weiße Karte geschrieben hatte: *Sie haben Ihr Buch übrigens die ganze Zeit verkehrt herum gehalten ...*

Rüdi seufzte in den Hörer. Offenbar war er schwierige Kunden gewöhnt. «Monsieur, Sie müssen uns schon ein wenig vertrauen», sagte er jetzt. «Marianne ist neu bei uns, aber sie hat einen exzellenten Abschluss. Wenn Sie besondere Wünsche haben, sagen Sie es einfach.»

Exzellenten Abschluss? Besondere Wünsche? Ich lachte. Es klang selbst in meinen Ohren ein wenig irre.

«Was soll denn gemacht werden?» Rüdi wertete meine Reaktion offenbar als Zustimmung. Geschäftig fing er an, diverse Leistungen des Salons aufzuzählen.

«Schneiden? Färben? Strähnchen? Oder wollen Sie Ihren Look ganz verändern?» Er hielt einen Moment inne, bevor er streng hinzufügte: «Wir machen alles außer Dreadlocks. Das lehne ich ab, es macht die Haare kaputt. Und es ist auch nicht mehr der Style ...»

Es dauerte ein paar Sekunden, bevor mein Gehirn die Wörter in den richtigen Kontext eingeordnet hatte.

«Meine Güte, spreche ich da mit einem Friseur-Salon?», fragte ich fassungslos.

«*Mais oui, Monsieur*, was dachten Sie denn?» Rüdi klang beleidigt.

«Ich dachte – ach, vergessen Sie's, ich bin ein Idiot», entgegnete ich erleichtert.

Rüdi stieß einen vorwurfsvollen kleinen Laut aus. «Das scheint mir auch so, wenn ich das einfach mal so sagen darf», sagte er spitz. «Sie kommen mir sehr verwirrt vor, Monsieur.»

«Hören Sie, es ist alles ein Missverständnis, ich brauche im Moment eigentlich gar keinen Termin», erklärte ich dem eingeschnappten Friseur. «Ich bin auf der Suche nach einer Frau, die Isabelle heißt und mir ihre Nummer gegeben hat.» Wie viele Isabelles gab es eigentlich in Paris? «Sie ist blond, um die dreißig und hat hellbraune Augen. Könnte das die Isabelle sein, die bei Ihnen gearbeitet hat?» Ich wartete gespannt.

Rüdi kicherte entrüstet. «*Mon Dieu! Non!* Isabelle war unsere *Grande Dame!* Mit eisblauen Augen und silberblondem Haar. Aaaah ... sie sieht einfach *fantastique* aus für ihr Alter, aber sie ist über sechzig. Deswegen wollte sie auch aufhören zu arbeiten. Sie wollte noch etwas haben von ihrem Leben.»

«Ja, das verstehe ich.» Ich nickte begeistert. Ich war so froh über die Rehabilitation meiner Isabelle, dass ich die Tatsache, dass die Isabelle aus dem Friseursalon, die in ihren wohlverdienten Ruhestand gegangen war, nicht die Isabelle von heute Morgen sein konnte, relativ gefasst aufnahm.

«Jeder von uns sollte etwas von seinem Leben haben, nicht wahr?», schloss ich versöhnlich.

«Sie sagen es», entgegnete Rüdi. «Nun – ich möchte erst einmal etwas von *diesem* Tag haben. Und deswegen werden wir unser kleines amüsantes Gespräch jetzt beenden. *Bonne journée*!»

«*Bonne journée*», rief ich. «Und wenn ich doch mal einen neuen Look brauche, komme ich bestimmt zu Ihnen.»

«Nicht nötig», erklärte der beste Friseur von Paris. «Rufen Sie einfach nicht mehr an.»

Es knackte. Rüdi von «Rüdi's Salon» hatte aufgelegt.

9

Kurz vor sechs. Der Museumsgarten war leer. Ich war allein mit den Skulpturen. Fast schon ein Teil der «Bürger von Calais». Aber eben auch nur fast.

Als ich die vorletzte Eintragung in mein Notizbuch machen wollte, um dann das allerletzte Telefonat zu führen, tippte mir jemand auf die Schulter. Für einen Augenblick dachte ich, es sei einer der Bürger, und fuhr, zu Tode erschrocken, zusammen.

«Monsieur, wir haben seit zehn Minuten geschlossen.»

Ein Museumswärter sah mich streng an. Dachte er, dass ich mich hier versteckt hatte, um die Nacht im Museum zu verbringen? Oder gar das Museum auszurauben?

«*Mon Dieu*», rief ich erstaunt aus, sah auf die Uhr und tat überrascht. Als ob ich seit heute Mittag nicht sowieso jede halbe Stunde auf die Uhr geschaut hätte! «Wo ist nur die Zeit geblieben?» Ja, wo war sie geblieben, die verdammte Zeit, oft genug meine charmante Verbündete, heute meine schönste Feindin. «Ich hab gar nicht gesehen, dass es schon so spät ist», log ich munter weiter.

Ich steckte das Notizbuch weg und machte eine weitausholende Geste mit dem Arm. «Ich *liebe* diesen Garten», rief ich enthusiastisch, «all diese *wunderbaren* Skulpturen!»

«Sie können gerne morgen früh wiederkommen», sagte der Museumswärter unbeeindruckt. Wahrscheinlich war er kunstfanatische Menschen aus aller Herren Länder gewöhnt. Jedenfalls teilte er meine Begeisterung nicht.

Vielleicht, ging es mir durch den Sinn, stellten sie in den Museen grundsätzlich nur Wärter ein, die mit den Kunstwerken nicht viel am Hut hatten, um das Risiko möglichst gering zu halten, dass etwas gestohlen wurde.

«Wir öffnen bereits um halb zehn», fuhr der Mann fort und geleitete mich persönlich zum Ausgangstor. Ich hatte den Eindruck, dass er mir nicht ganz über den Weg traute.

So stand ich also um drei Minuten nach sechs wieder in der Rue de Varenne, allein mit meinem Handy und einer letzten Chance, Isabelle endlich an den Apparat zu bekommen. Unschlüssig, ob ich diesen wichtigen Anruf mitten auf der Straße führen sollte, ging ich ein paar Schritte und bog in die Rue de Bourgogne ein. Ich fand ein kleines ruhiges Café, bestellte mir einen Rotwein und wartete, bis der Kellner mit dem Glas kam. Ich nahm einen Schluck, um mir Mut zu machen. Ich hatte alle Hoffnung und keine mehr.

Unschlüssig wiegte ich das kleine schwarze Handy in meiner Hand.

Einerseits blieb nur noch diese eine Nummer übrig, also *musste* es diesmal die richtige Nummer sein. Andererseits – wie wahrscheinlich war es, dass mir nach neun Fehlversuchen endlich der große Treffer gelang?

Der Augenblick bekam die Bedeutung einer Mondlandung. Ehrfürchtig tippte ich die letzte Nummer – die mit der Endziffer 0 – ein und hielt den Atem an.

Es läutete ein paarmal durch, dann wurde unter großem Getöse ein Hörer abgenommen.

«*Ouais?*», bellte es in den Hörer. Es hallte wie in einer leeren Halle. Eine männliche Stimme, die mich an einen bretonischen Fischer denken ließ.

Was hatte ich noch zu verlieren?

«Entschuldigen Sie, aber ... kennen Sie zufällig eine Isabelle?», fragte ich ohne Umschweife.

«Isabelle?» Er schien zu überlegen. «*J'ai pas!*»

Es klang wie «Scheppä», und ich entnahm dem kurzen Statement, dass er wohl keine Isabelle kannte. Ich beschloss, einen letzten Versuch zu wagen.

«Mit wem spreche ich denn, bitte?»

«Hier ist die Boucherie Duchaine», polterte die Stimme, und der bretonische Fischersmann verwandelte sich plötzlich in einen gewaltigen Metzger mit blau-weiß gestreifter Schürze, schwarzglänzenden, nach hinten gekämmten Haaren und großen roten Händen, die ein blutiges Hackebeil nach unten hielten.

«Geht es um eine Bestellung?», fragte Monsieur

Duchaine in meinen kleinen Albtraum hinein, und seine Worte hallten hohl von der weiß gekachelten Wand der Metzgerei wider, wo ganze Schweine kopfüber an silbernen Haken von der Decke baumelten.

Ich schüttelte mich. «Nein, nein», erwiderte ich schnell. «Ich bin auf der Suche nach einer ... nach einer Frau ...»

Der Metzger lachte schallend. Es klang gruselig.

«*Ouais, ouais, Monsieur*, das sind wir alle.»

Offenbar gab es einen speziellen Metzgerhumor, von dem ich bisher noch nichts gewusst hatte.

«Aber eine Frau? Da sind Sie ganz falsch hier», lachte der Metzger weiter, «hier gibt es nur Schweine ... Rinder ... Lämmer – alles ganz frisch ...» Im Hintergrund hörte ich leises Hacken. Mir wurde leicht schlecht, und ich musste plötzlich an das Steak au poivre denken, das ich gestern Abend verschlungen hatte, ohne auch nur einen Gedanken an das gemordete Tier zu verschwenden.

«Dann habe ich wohl die falsche Nummer gewählt», sagte ich und überlegte kurz, ob ich Vegetarier werden sollte. Giselle, eine Ex-Freundin von mir, hatte immer mit leichtem Ekel in der Stimme gesagt: «Ich esse keine toten Tiere.» Damals hatte ich gelacht.

«*Ouais, ouais*, Monsieur, sieht ganz so aus», dröhnte es gut gelaunt in mein Ohr. Der Metzger war ein fröhlicher Mann. Und offenbar einer der wenigen Menschen, die es nicht eilig hatten.

«Ich kann Ihnen frische Lammschulter anbieten, Schweinelendchen und ein 1-a-Rinderfilet, wirklich alles sehr gut ... Aber eine Frau», er lachte zweimal kurz sein «Huarhuar», «finden Sie hier nicht.»

Ich bedankte mich und legte auf.

Das also war sie gewesen, meine Superchance, der krönende Abschluss meiner Telefonrecherchen, die mich zur Frau meines Lebens führen sollten. Eine Metzgerei!

Wer trieb dieses perfide Spiel mit mir? Es gab keinen Gott, das stand fest, und lieb war er schon gar nicht.

Ich würde Vegetarier werden. *Und* Agnostiker! Eines war wie das andere.

Ich kippte den Wein in einem Zug runter und gestattete mir einen nihilistischen Lacher, bevor ich mich besann und mein Notizbuch wieder aufschlug. Ich vermerkte die letzten Telefonate.

Dann starrte ich grübelnd auf die Liste.

Komm, Antoine, sagte ich mir, hilf dir selbst, dann hilft dir Gott! Sei ein guter Detektiv! Sei Philip Marlowe! Dabei fiel mir ein, dass ich «Der große Schlaf» bis heute nicht verstanden hatte. Egal. Ich beugte mich über meine Aufzeichnungen.

Vielleicht hatte ich ein wichtiges Detail übersehen?

Telefonat 1	Anrufbeantworter / Nachricht hinterlassen
Telefonat 2	Hysterische Hexe
Telefonat 3	Kind / eifersüchtiger Ehemann
Telefonat 4	Mme Céline Dubois
Telefonat 5	Betrügerischer Mann / Florence

Telefonat 6	Gaga-Russin / Dimitri
Telefonat 7	Natalie / nett
Telefonat 8	Kein Anschluss
Telefonat 9	Rüdi's Salon
Telefonat 10	Boucherie Duchaine

Ich seufzte. So wie die Dinge lagen, und gesetzt den Fall, dass keine der angewählten Personen gelogen hatte, gab es eigentlich nur eine Nummer, die noch Hoffnung bot. Und das war die erste Nummer.

Die Metzgerei schied aus, ebenso der schwule Rüdi mit seiner grauhaarigen Isabelle im Ruhestand, kein Anschluss war kein Anschluss, Natalie war supernett, aber eben nicht Isabelle, und die falsche Isabelle hieß nur so.

Die durchgeknallte Russin, die immer Dimitri schrie, war ebenso wenig eine heiße Spur wie der Mann, der seine Florence betrogen hatte und nun um Gnade bettelte.

Madame Dubois war eine äußerst angenehme Telefonpartnerin, aber auch nicht die Richtige, und wenn sie eine Isabelle gekannt hätte, hätte sie mir das sicher gesagt.

Die kleine Marie wusste den Namen ihrer Mutter nicht, aber der Ehemann hatte mir klar zu verstehen gegeben, dass seine Frau nicht die Frau war, die ich suchte. Und die Hexe vom zweiten Anruf, die überall Telefonterror witterte, war unter keinen Umständen meine gesuchte Person. Blieb also der automatische Anrufbeantworter, schloss ich messerscharf.

Ich wählte noch einmal die allererste Nummer. Meine Güte, wie viele Jahre war das her, dass ich diese Nummer gewählt hatte?

Wieder – wie hätte es auch anders sein können? – schaltete sich die verdammte Automatenstimme ein, eine Stimme, von der man nicht mal erahnen konnte, ob es Isabelles Stimme war, weil wer-auch-immer sein Band nicht selbst besprochen hatte. Es reichte!

Ich zahlte und stand auf. Es war halb sieben, und ich war mit meinem Latein am Ende.

10

Niedergeschlagen trottete ich die Rue de Grenelle entlang. Ich hatte in den letzten Stunden die ganze Skala menschlicher Empfindungen durchlaufen, und mit einem Mal fühlte ich mich völlig leer. Ich überlegte, gleich nach Hause zu gehen und mich meinem Schmerz hinzugeben. Glauben Sie mir, es ist hart für einen Mann, wenn er sich mit aller Kraft für etwas einsetzt und am Ende nichts dabei herauskommt. War ich schon am Ende meiner kleinen Geschichte angekommen, bevor sie überhaupt angefangen hatte? Sollte mir von der Liebe meines Lebens nichts bleiben als verheißungsvolle Blicke, ein Lächeln und eine kleine verschmierte Karte?

Ich stapfte die Straße entlang, die Hände trotzig in den Hosentaschen vergraben, ein trauriger James Dean, na ja – nicht ganz so fotogen. So viele Kilometer wie heute war ich schon lange nicht mehr zu Fuß gelaufen. Trotzdem tat es irgendwie gut, einfach so zu gehen und immer weiter zu gehen.

Die Rue de Grenelle näherte sich allmählich der Rue

de Rennes, einer belebten Einkaufsstraße, die schnurgerade auf den schwarzen Tour Montparnasse zuläuft, dem hässlichsten Hochhaus von Paris mit einer unerwartet schönen Aussicht. Und allmählich kehrten auch die Gedanken wieder in meinen Kopf zurück.

Was sollte ich zu Hause, wo mich außer drei Tomaten im Kühlschrank nichts erwartete? Ich überquerte die Rue de Rennes mit neuem Ziel und beschloss in die Buchhandlung zurückzukehren. Es war kurz vor sieben, und Julie war sicher noch da.

Ach, die gute Julie! Sie hatte noch jedes Chaos geordnet. Es gibt Menschen, an deren Seite man das Gefühl hat, dass alles plötzlich viel weniger schlimm ist. Julie war so ein Mensch, und auch wenn ich mich nie in sie hätte verlieben können, dachte ich in diesem tragischen Moment meines Lebens mit fast zärtlich zu nennender Dankbarkeit an sie. *Il faut dédramatiser*, war einer ihrer Lieblingssätze in Krisensituationen. Man sollte kein Drama draus machen. Als beispielsweise mein Auto vor zwei Jahren den Geist aufgab und ich mich schwarzärgerte, sagte sie schließlich: «Antoine, es ist *nur* ein Auto!» Und so komisch es klingen mag – es half mir.

Ja, ich würde in die Buchhandlung gehen. Immerhin war ich Julie noch eine Erklärung schuldig. Aber wenn ich ehrlich bin, hoffte ich wohl, dass die kluge Freundin nicht nur Verständnis, sondern auch einen Rat für mich hatte.

Immerhin war sie doch diejenige von uns beiden, die Tag für Tag ihre Ratgeber aus den Regalen zog, wenn es galt, einem Unglücklichen, Hilfesuchenden oder Unzufriedenen zu helfen.

Ich zog mit einem Schwung die schwere Glastür der Librairie du Soleil auf. Julie war noch da. Sie saß hinter dem Computer und schaute auf, als die Türglocke klingelte.

«Antoine!», rief sie. «Der verlorene Sohn kehrt heim! Mit dir habe ich heute gar nicht mehr gerechnet.»

«Ach, Julie, wenn du wüsstest ...», sagte ich nur.

Sie stand auf, strich ihren Rock glatt, der ein wenig hochgerutscht war, kam auf mich zu und musterte mich mit prüfendem Blick.

«Du lieber Himmel! Was ist denn mit dir passiert?», fragte sie mitfühlend. «Du siehst aus, als hätte dich ein Laster überrollt.»

«Stell dir vor, genauso fühle ich mich auch.» Ich ließ mich stöhnend auf einen Stuhl sinken.

«Hat es nicht geklappt mit der Frau deines Lebens?» Julie zog sich eine Holztrittleiter heran und setzte sich auf die oberste Stufe.

Ich schüttelte den Kopf. «Alles Scheiße», sagte ich leise.

«Ja, ich weiß ... Vogelscheiße», entgegnete sie und lächelte. «Hör mal, Antoine, du siehst furchtbar aus! Komm, mach dich frisch, und ich mache uns einen schönen Tee, und dann erzählst du mir alles noch mal in Ruhe.»

Ich seufzte. Ich kenne Julies «schöne Tees». Das sind immer solche Kräutertees mit klangvollen Heilsversprechen wie «Paradies des Abends» oder «Oase der Ruhe».

Wenn man großes Glück hat, bekommt man einen normalen schwarzen Thé au citron.

Ehrlich, ich bin kein Freund von Tee, aber in meiner Verfassung hätte ich wahrscheinlich nach allem gegriffen, was sich mir bot. Wenn Julie gesagt hätte: «Komm, wir machen erst mal ein paar Yoga-Übungen», oder: «Komm, wir rauchen erst mal einen Joint», hätte ich einfach genickt, weil die Versatzstücke «Komm» und «erst mal» in meinen Ohren unglaublich beruhigend klangen und implizierten, dass danach alles wieder gut würde.

Ich nickte also, stand auf und ging in den kleinen Waschraum im hinteren Teil der Buchhandlung. Als ich die Toilette sah, musste ich plötzlich ganz dringend pinkeln. Nicht mal dazu war ich gekommen.

Ich wusch mir die Hände, schüttete mir etwas Wasser ins Gesicht, glättete meine Locken und blickte in den kleinen Spiegel, der über dem Waschbecken hing. Entsetzt starrte ich mich an. Die flackernden Augen eines Wahnsinnigen starrten zurück. Meine Güte, Julie hatte recht. Ich wirkte wirklich etwas unter die Räder gekommen, nur dass der Laster offensichtlich ein Panzer gewesen war. In der Tat hatte ich schon besser ausgesehen, und das war noch gar nicht so lange her – ein paar Stunden, um genau zu sein. Bevor ich Isabelle begegnet war und anfing wie ein Verrückter durch Zeit und Raum zu hetzen und mich wildfremden Menschen am Telefon auszuliefern.

«*Ça va, Antoine?* Alles in Ordnung?», rief Julie aus der Teeküche.

«Ja, alles klar», rief ich zurück. Nichts war klar, aber es ging mir schon besser.

Eine Minute später hielt ich eine dampfende Tasse in der Hand und trank in kleinen Schlucken ein Gebräu, von dem ich annahm, dass es Pfefferminztee war.

Julie hatte die Ladentür abgesperrt und hörte sich meine kleine traurige Geschichte geduldig an. Meine Selbstanklagen, die ganzen Fehlversuche, die falsche Spur, die mich ins Musée Rodin geführt hatte, die eine Nummer, die noch blieb, unter der sich aber nur ein Anrufbeantworter meldete. Die unbegründete Hoffnung, dass Isabelle mich auf dem Handy zurückrufen würde, wenn es denn überhaupt ihre Nummer war.

Julie sah mich eine Weile schweigend an, nachdem ich geendet hatte. Es war Viertel vor acht, und ich dachte, sie würde jetzt wieder einmal ihren berühmten Satz vom Entdramatisieren zitieren.

Stattdessen nahm sie meine Hand. Das war noch nie vorgekommen, solange wir zusammenarbeiteten. «*Mon pauvre ami*», sagte sie, «dich hat's aber ganz schön erwischt, was?»

Ich nickte. Genauso war es, und ich war ihr irgendwie dankbar, dass sie diese ganze Geschichte nicht als völlig verrückt abtat. Ich meine, die Geschichte *war* verrückt. Es war das Verrückteste, was mir je im Leben passiert war. Aber es war passiert. Und ich wollte, dass es weiterging.

«Ich weiß, es klingt alles völlig abgefahren», sagte ich, um mir selbst Mut zu machen. «Aber ich will diese Frau unbedingt wiedersehen.» Ich sah Julie in komischer Verzweiflung an. «Was kann ich nur tun Julie, was? Gibt es nicht einen Ratgeber, wie man die Frau seines Lebens wiederfindet, wenn man sie verloren hat?»

Julie lächelte weise. «Nein, Antoine. So einen Ratgeber habe ich leider nicht. So etwas kommt eher in Romanen vor.»

Sie blickte auf die Uhr, stand auf und griff nach ihrem Mantel. «Oje, ich muss jetzt los. Robert kommt gleich nach Hause. Ich lasse dich ungern allein. Kann ich noch etwas für dich tun? Willst du vielleicht mit zum Essen kommen?»

«Nein, nein, ich bin um neun mit Nathan im Bilboquet verabredet. Aber danke, Julie.»

Sie strich sich über ihre schwarzen Haare, steckte eine Strähne fest, die sich gelöst hatte, und wandte sich zum Gehen.

«Dann bis morgen, Antoine! Schlaf dich ruhig aus, du hast es nötig.»

«Julie?», rief ich ihr nach.

Sie drehte sich zu mir um.

«Ja?»

«Sag mir nur noch eines. Was würdest du an meiner Stelle tun?»

Sie überlegte ein paar Sekunden, und ihre dunklen Augen schimmerten versonnen.

«Ich würde an den Ausgangspunkt zurückgehen. Dorthin, wo alles angefangen hat», sagte sie nachdenklich. Die Worte klangen prophetisch, irgendwie bedeutungsvoll. Sie merkte es und lachte.

«Jetzt muss ich wirklich los. *Salut*, Antoine.» Sie winkte und trat auf die Straße.

«*Salut*, Julie.»

Ich sah ihr nach, wie sie mit schnellen Schritten in der Dunkelheit verschwand. Eine große, schlanke Gestalt, die trotz aller Eile Haltung bewahrte. Eine Weile hörte ich noch das leise Klacken ihrer Stöckelschuhe, die auf dem Pflaster widerhallten, dann verlor sich das Geräusch in den anderen Geräuschen der Straße.

Es war Viertel nach acht, ich hatte noch eine Dreiviertelstunde Zeit bis zu meinem Treffen mit Nathan. Ich zog meine Jacke über, löschte das Licht, schloss die Tür der Buchhandlung hinter mir ab und machte mich zum zweiten Mal an diesem Tag auf den Weg ins Café de Flore.

11

Julies Worte klangen in mir nach, als ich die Rue Bonaparte in Richtung Saint-Germain-des-Prés entlangging. Vielleicht war der Ausgangspunkt meines Abenteuers wirklich der Schlüssel zu allem.

Dass ich nicht von selbst darauf gekommen war! Es war so naheliegend!

Jeder Mörder kehrt wie unter innerem Zwang an den Ort der Tat zurück. Warum sollte das nicht auch für Verliebte gelten? Und was war mit den Menschen, die sich nicht mehr an etwas erinnern konnten, die ihren Gedanken sozusagen verloren hatten? Sie gingen an den Ort zurück, an dem sie den Gedanken zuerst gehabt hatten – *et voilà!* –, der Gedanke kehrte zu ihnen zurück, und plötzlich wussten sie wieder, was sie aus dem Keller holen wollten.

Als ich beim Deux Magots um die Ecke bog, hatte ich alle meine Chancen ausgerechnet. Und sie standen, wie ich fand, gar nicht mal so schlecht.

Gesetzt den Fall, dass es eine Art Schema gab, nach

dem Menschen, die füreinander geschaffen waren, handelten, bestand immerhin die Möglichkeit, dass auch Isabelle wieder an den Ort zurückkehrte, an dem sie mich zuerst gesehen hatte. Gut, es bedurfte schon einer unglaublichen Intuition, um zur richtigen Zeit am richtigen Ort zu sein. Das war nicht zu bestreiten. Aber es gab solche Zufälle, die vielleicht gar keine Zufälle waren, sondern von dem gesteuert, was man «Weltenseele» nennt.

Und wenn man einen etwas weniger mystischen Ansatz wählte, sondern systematisch an die ganze Sache heranging, war es doch sehr gut möglich, dass einer der Kellner Isabelle kannte oder mir zumindest einen Hinweis geben konnte, in der Art: «Ja, Madame kommt jeden Donnerstagmittag hierher.»

Plötzlich fiel mir ein Agentenfilm ein, in dem der Held anhand einer Kreditkarte den Bösewicht ausfindig macht. Wenn Isabelles Begleiter, dieser Snape, heute Mittag die Rechnung mit seiner Karte beglichen hatte, hätte ich auf jeden Fall schon einen Namen und eine Bankverbindung gehabt.

Das waren, so versicherte mir meine innere Stimme, drei Superchancen!

Es erstaunte mich selbst ein wenig, als mein Herz sich wieder mit einem leichten Klopfen zurückmeldete. Ich stand vor der Eingangstür des Flore. Es war ein magischer Ort.

Ist es nicht diese Hoffnung wider besseres Wissen, die einen verliebten Mann von jedem anderen Lebewesen unterscheidet?

Ich drückte die Tür auf und betrat das Café.

Eine gute halbe Stunde später wurde ich von einem aufgebrachten Kellner unsanft vor die Tür gesetzt.

Zunächst hatte ich nur nach Isabelle Ausschau gehalten, war um die voll besetzten Tische gestrichen, hatte hinter Zeitungen geschaut, war im ersten Stock gewesen, hatte vor den Damen-Toiletten gewartet – wie viele Menschen verpassen sich aus den banalsten Gründen? – und der hübschen dunkelhäutigen Frau, die die Toiletten sauber machte, zugelächelt, wann immer die Tür aufschwang.

Dann hatte ich ziemlich im Weg gestanden und verschiedene Kellner nach der blonden Frau mit dem roten Schirm gefragt, aber keiner kannte Isabelle, wie mir mit zunehmender Ungeduld versichert wurde. Auch dass es wirklich wichtig war, *très important*, schien keinen hier zu interessieren. Diese Kellner hatten kein Herz, alles eiskalte Profis.

Ja, vielleicht, wenn ich mich als *Commissaire* Bellier hätte ausweisen können, auf der Jagd nach dem Armbrustmörder von Paris, dann hätte man sich bestimmt etwas mehr Mühe gegeben. So aber wurde ich nach der fünften Frage vom dritten Kellner, der im ersten Stock servierte, angeraunzt: «Hören Sie, Monsieur, Sie sehen doch selbst, dass wir alle Hände voll zu tun haben.» Der Kellner schwenkte sein Silbertablett vor sich her wie eine Waffe, dann fügte er in einer Anwandlung von Menschlichkeit hinzu: «Im Übrigen ist Bertrand, der heute Mittag hier oben Dienst hatte, sowieso schon weg.»

Ich nickte einsichtig und wartete, bis der Mann mit

dem silbernen Tablett seine Speisen auf den Tischen verteilt hatte. Dann folgte ich ihm ins Parterre, das von Klappern und Stimmengewirr erfüllt war, und tippte ihm vorsichtig auf die Schulter.

«Was denn noch?», herrschte er mich an. Seine Nerven waren offenbar nicht die besten.

«Nur noch eine Sache», beeilte ich mich zu antworten. «Ich kann ziemlich genau sagen, wann der Mann dieser Frau, also ... äh ... ihr Begleiter, gezahlt hat. Gibt es eine Möglichkeit, in den Belegen nachzuschauen, um zu sehen, ob der Herr mit Kreditkarte gezahlt hat?»

«Was sind Sie, Monsieur? Ein verdammter Privatschnüffler? Oder sind Sie selbst der betrogene Ehemann?», unterbrach mich der Kellner mit einer nicht zu überhörenden Häme in der Stimme und musterte mich von oben bis unten. «Jetzt machen Sie mal einen Punkt! Wir geben doch hier nicht einfach so Kreditkartenbelege raus, was denken Sie, was das hier ist?» Er schnaufte empört.

Allmählich wurde auch ich wütend. Musste ich, ein Mann mit den besten Absichten, mir das gefallen lassen?

«Ich dachte immer, das hier sei ein gehobenes Café mit einem anständigen Service», entgegnete ich laut. Einige Touristen hoben interessiert die Köpfe. «Aber offenbar habe ich mich getäuscht.»

«*Cela suffit, Monsieur!* Es reicht!», schrie der Kellner mit dem schwarzen Anzug, nun seinerseits in seiner Kellnerehre gekränkt.

Ich fand, es reichte nicht. Nachdem ich in meinem

ehemaligen Lieblingscafé so mies behandelt worden war, hatte ich auch noch etwas zu sagen.

«Ich weiß nicht, was so verwerflich daran sein soll, wenn man die Frau, in die man sich verliebt hat, wiederfinden will», erklärte ich und zog die wohlwollenden Blicke einiger weiblicher Gäste auf mich. Ich sah den Kellner an und hoffte, dass er meine ganze Geringschätzung spürte. «Aber *Sie* ... Sie waren offensichtlich noch nie verliebt, so wie Sie aussehen ...»

Der Kellner machte einen drohenden Schritt auf mich zu. Er war klein, aber stämmig, und ich wich unwillkürlich zurück.

«Es ist besser, Sie verlassen jetzt das Café, Monsieur», zischte er mir zu. Ein weiterer Kellner kam herbeigeeilt, legte den Arm um mich wie eine Zwingschraube und schob mich zum Ausgang.

Ich hörte noch, wie der erste Kellner zu seinem Kollegen sagte: «*Ce type est complètement fou!*», dann stolperte ich auf die Straße.

Ich richtete mich auf und strich meine Kleidung glatt. Es war zehn Minuten vor neun. Es war das erste Mal, dass ich aus einem Café herausgeflogen war. Ich grinste.

Mag sein, dass ich verrückt war. Aber aus Liebe verrückt zu sein, war nicht das Schlechteste.

12

Punkt neun Uhr stand ich vor dem Bilboquet.

Nathan war schon drin, er hatte auf der Galerie an der linken Seite den hintersten Tisch reserviert und winkte mir gut gelaunt zu. Mann, war das schön, ihn zu sehen nach diesem ganzen aufregenden Tag! Nathan ist eigentlich immer gut drauf. Vielleicht muss er das auch sein, um all die Depressiven zu ertragen, die Woche für Woche auf seiner Couch liegen und ihm von den Katastrophen ihres Lebens erzählen.

Ich ging die Galerie mit dem dunkelbraunen Holzgeländer entlang, vorbei an den anderen Tischen, wo schon die ersten Gäste saßen, und warf einen Blick nach unten. Von hier aus hat man den besten Blick auf die Bands, die jeden Abend ab zehn Uhr im unteren Teil des Restaurants ihre Stücke zum Besten geben. Die Musiker waren noch nicht da, aber neben dem Klavier stand schon ein riesiger Kontrabass, und ein paar junge Leute lümmelten unten in der Bar in den Sofas herum.

Ich hob die Hand, nickte einem Kellner zu, der überaus freundlich zurücknickte, und trat zu Nathan an den Tisch.

«*Bonsoir,* Antoine, *ça va?*» Nathan erhob sich kurz von seinem Stuhl, um mich zu begrüßen. «Wie geht's, alter Freund?» Er klopfte mir auf die Schulter, und seine dunklen Augen tanzten unternehmungslustig hinter der kleinen runden Goldrandbrille.

Ich ließ mich ächzend auf meinen Stuhl sinken. Dem «alten Freund» ging's nicht sehr gut. Neben Nathan, der in seinem leichten schwarzen Rollkragenpullover unter der Anzugjacke und dem lässig zurückgekämmten dunklen Haar direkt einem Herrenmagazin entsprungen zu sein schien, fühlte ich mich wie ein Kosovo-Albaner auf der Flucht.

«Frag besser nicht», entgegnete ich also und merkte mit einem Mal, wie erschöpft ich war.

Nathan musterte mich besorgt. Er sah unheimlich ausgeruht aus, fand ich. Beneidenswert ausgeruht. Ich sah die letzten acht Stunden wie einen Film an mir vorbeirasen und schüttelte den Kopf.

«Wenn du wüsstest, was mir heute alles passiert ist...»

Ich versuchte meine Gedanken zu ordnen, aber ich fürchte, ich war nicht sehr erfolgreich.

«Es ist kaum zu glauben ...», versuchte ich es noch einmal, bevor ich mit einer Geste der Hilflosigkeit verstummte. Wie abgerissene Fetzen Papier trudelten meine kryptischen Halbsätze auf den Tisch.

Nathan ist ein echter Freund. Er überging meine Verwirrung, legte mir die Menükarte hin und ließ mich ansonsten erst mal in Ruhe. Dann winkte er dem Kellner, bestellte uns einen Rotwein und fragte mich, was ich essen wollte.

Ich starrte unschlüssig in die Karte.

Nathan bemerkte mein Zögern. «Ich nehme das Lamm, das ist sehr gut.» Er sah mich aufmunternd an. «Für dich auch?»

Ich dachte an Monsieur Duchaine im Kachelraum und schüttelte den Kopf. «Ach ... nein, lieber kein Lamm heute», entgegnete ich gequält.

Der Kellner schwebte mit seinem Bestellblock über uns und wartete. Ich konnte fast hören, wie er innerlich seufzte. Meine Blicke wanderten ziellos über die Menükarte. Ich riss mich zusammen und versuchte mich zu konzentrieren, um nicht gleich den nächsten Kellner zu verärgern. Antoine, der Kellnerschreck!

«Ich nehme ... Pasta», sagte ich. Es klang wie basta.

«Sehr wohl, Monsieur, einmal das Lamm für Monsieur Nathan» – er sprach das «Natton» so zärtlich aus, als ob es sich um eine Reliquie handelte, nun ja, Nathan war oft genug hier zu Gast – «und einmal ...» – er sah an meinem rechten Ohr vorbei – «... nur die Pasta.»

Ich war Monsieur «Niemand», und es war ein schlechter Tag für Kellner. Unser Mann aus dem Bilboquet nahm die Speisekarten an sich und verschwand.

Nathan hob sein Glas. «Schön, dich zu sehen, Antoine.» Der Rotwein funkelte im Schein der Kerze. «*Santé!*», sagte er. «Auf dich?»

Wir stießen an, und ich nahm einen tiefen Schluck.

Das Schöne an Männern ist, dass sie sich auch ohne große Worte verstehen. Ich ließ den samtigen, weichen Wein über die Zunge rollen und merkte, wie ich allmählich ruhiger wurde.

Wir stellten unsere Gläser ab. Nathan stützte sein Kinn auf die Hände und schaute mich eine Weile erwartungsvoll an.

«Na, dann schieß mal los», sagte er. «Nein, lass mich raten. Es geht um eine Frau.» Er grinste.

Habe ich bereits erwähnt, dass Nathan Psychologe ist?

Ich nickte und fühlte mich verstanden. «Ja, es geht um eine Frau», begann ich. «Aber nicht um *irgendeine* Frau, verstehst du?» Ich machte eine bedeutungsvolle Pause. «Ich bin heute der Frau meines Lebens begegnet. Sie heißt Isabelle, und sie ist ... sie ist ... einfach wundervoll!»

Nathan ließ sich in seinen Stuhl zurückfallen. «Na, das ist doch toll», sagte er erleichtert. Dann lächelte er. «Siehst du deshalb so fertig aus?» Er zwinkerte mir zu. «Habt ihr zwei die ganze Zeit ... oh, là, là ...» Er schnalzte mit der Zunge. «Deswegen konnte ich dich den ganzen Tag nicht erreichen. Na, die Kleine scheint ja 'ne Rakete im Bett zu sein ...»

«Nathan, hör auf mit dem Mist», fuhr ich ihn an. Ich weiß nicht wieso, aber irgendwie störte es mich, dass er über Isabelle sprach, als wenn es irgend so eine Bettgeschichte gewesen wäre. «Wir waren gar nicht im Bett. Ich hab sie nicht mal geküsst, wenn du es genau wissen willst. Das hier ist was völlig anderes!»

Nathan sah mich amüsiert an. «Ah – ist es eher eine platonische Liebe?», fragte er interessiert.

«Ach, lass den Quatsch», entgegnete ich und musste lachen. «Sehe ich so aus, als ob ich eine spirituelle Geliebte brauche?»

«*Mon ami*, du siehst aus, als hättest du einen ziemlich stressigen Tag hinter dir. Die Frage ist nur – Eustress oder Distress?» Er faltete seine Serviette auseinander und streifte mich mit einem professionellen Blick.

Habe ich bereits erwähnt, dass Nathans Psychologengeschwätz einem manchmal ziemlich auf den Geist gehen kann?

Aus Rache ließ ich ihn eine Weile zappeln und faltete auch meine Serviette auseinander.

Dann beugte ich mich vor und sagte verschwörerisch: «Beides!»

Nathan schwieg. Er wusste, dass ich ihm sowieso die ganze Geschichte erzählen würde. Am Ende hatte ihm noch jeder seine Geschichte erzählt.

«Es ist alles sehr kompliziert», erklärte ich mit Nachdruck. «Kompliziert und rätselhaft.» Ich nahm einen Schluck Wein und überprüfte die Wirkung meiner Worte. Nathan beugte sich näher zu mir. Am Nachbartisch wurde lautstark eine Flasche Champagner geordert.

Andere Menschen hatten einen Grund zum Feiern. Wie gerne hätte ich jetzt mit Isabelle hier gesessen, meiner Schönen, Unvergleichlichen ... Ich gestattete mir einen Moment der Wehmut, bevor ich wieder in die Wirklichkeit zurückkehrte.

«Stell dir vor – ich habe diese unglaublich tolle Frau gefunden, einfach so, hier ... mitten in Paris. Es hat sofort zwischen uns gefunkt. Das war wie ... wie Liebe auf den ersten Blick.» Ich warf Nathan einen herausfordernden Blick zu. «Du musst zugeben, dass es so was gibt.»

Nathan nickte. «Klar», sagte er und winkte ungeduldig mit der Hand, «erzähl weiter. Wo ist das Problem?»

Ich seufzte aus tiefstem Herzen, und über Nathans Gesicht flog plötzlich das Leuchten der Erkenntnis.

«Oh ... nein!», sagte er mitfühlend. «Jetzt erzähl mir bloß nicht, dass sie noch Jungfrau ist!»

«Schlimmer», entgegnete ich düster.

«Eine Lesbe?», fragte Nathan.

Ich schüttelte den Kopf.

«Mann, Antoine, jetzt lass dir nicht so die Würmer aus der Nase ziehen. Komm zum Punkt!»

Ich fand, dass sich seine Geduld ziemlich schnell erschöpfte – für einen Psychologen. Ich meine, ich war schließlich derjenige, der diesen ganzen harten Tag durchgestanden hatte, während Nathan gemütlich in seiner Praxis saß und Leute, denen sonst keiner zuhören wollte, einfach ausreden ließ.

Doch bevor ich zum Punkt kommen konnte, wurde das Essen serviert. Das Lammkarree sah wirklich gut aus. Nathan stöhnte begeistert auf, als er auf dem ersten Bissen herumkaute.

«Hmmm! Ganz zart! Spektakulär!», rief er, und Monsieur Duchaine in seiner blau-weiß gestreiften Metzgerschürze verblasste zunehmend. Ich fand die Idee des fleischlosen Essens nun doch nicht mehr so gut und spießte lustlos eine kleine Tomate auf, die sich in meinen handgefertigten Tagliatelle versteckte.

«Der Punkt ist», griff ich Nathans letzten Satz auf, während ich die kleine Tomate auf meiner silbernen Gabel sinnend betrachtete, «dass ich nur ihren Vornamen habe und zehn falsche Telefonnummern.» Ich aß die Tomate, das Innere spritzte mir in den Mund, und ich dachte an Isabelles rote Lippen. Ich nahm ein paar Gabeln Pasta, dann schob ich den Teller beiseite. Nathan sah mich erwartungsvoll an, während er sein Lammkarree kaute.

«Oh, Mann. Das klingt nicht gut. Erzähl einfach der Reihe nach», schlug er vor.

«Es fing alles damit an, dass ich heute Mittag ins Café de Flore ging und mein Lieblingsplatz im ersten Stock besetzt war», begann ich. Und dann erzählte ich der Reihe nach, was passiert war.

Nathan ließ mich reden. Ich halte es ihm wirklich zugute, dass er mich nicht ein einziges Mal unterbrach. Ich erzählte alles, jedes Detail, ich redete über alle Hochs und Tiefs, die ganze Achterbahn meiner Gefühle. Als ich von der alten Russin erzählte, fing Nathan an zu lachen, als ich bei der Geschichte mit Nathalie und der falschen Isabelle angelangt war, bestellte er etwas Käse für uns, und als ich über die Seelenlosigkeit der Kellner im Flore schimpfte, die mich bei meinen Ermittlungen nicht unterstützen wollten und mich sogar auf die Straße gesetzt hatten, orderte er zwei kleine Schwarze.

Es war zehn vor zehn, und die Jazz-Musiker nahmen noch einen Drink an der Bar, bevor ihr Auftritt begann.

Ich fühlte mich, als hätte ich nicht einen Tag erzählt, sondern mein ganzes Leben. Die Flasche Rotwein war leer.

«So sieht es aus, Nathan», schloss ich meinen Bericht. «Vor dir sitzt ein Mann, der nicht glücklicher und nicht unglücklicher sein könnte. Und nun brauche ich deinen Rat.»

Nathan schwieg einen Augenblick. «Tja», sagte er dann, und wiederholte es noch einmal. «Tja.» Er kniff sich mit der rechten Hand ins Kinn und massierte es, als müsste er sich überlegen, wie er mir die nächsten Worte beibringen könnte. «Das ist wirklich eine ziemlich abenteuerliche Geschichte.» Er sah mich an und wiegte den Kopf. «Eine wirklich aufregende Geschichte.» Dann nahm er einen Schluck aus der kleinen weißen Espressotasse und stellte sie entschlossen ab. «Ich will kein Spielverderber sein, aber mal im Ernst, Antoine – steigerst du dich da nicht in etwas rein, was in Wirklichkeit nichts ist – oder zumindest nicht viel?» Er schob Daumen und Zeigefinger so zusammen, dass nur noch ein winziger Spalt dazwischen war. «So viel», sagte er. «*Rien!*»

Ich starrte ihn verärgert an. Hatte er nichts begriffen?

«Es ist *ALLES*, Nathan», entgegnete ich. «Glaubst du nicht an die Liebe? Hast du keine Phantasie, oder was?»

«Antoine», sagte er wieder. Er senkte den Kopf, und eine Strähne seiner dunklen Haare fiel ihm in die Stirn. «Wir kennen uns jetzt schon so lange. Du bist mein

Freund, das weißt du. Aber das hier ... ist schon ziemlich verrückt, das musst du zugeben.»

Ich zuckte die Achseln.

«Als Therapeut würde ich sagen: ‹Kompletter Realitätsverlust›. So etwas nennt man eine *ideé fixe.* Es gibt Leute, die sind schon für weniger ins Irrenhaus gewandert. Was ist los mit dir? Liest du zu viele Romane? Komm runter, mein Freund – komm zurück ins wirkliche Leben!»

«Ich *bin* im wirklichen Leben», entgegnete ich störrisch. «Ich hab mich noch nie so wirklich gefühlt. Ich hab überhaupt noch nie so viel gefühlt wie in den letzten Stunden. Hör auf, mich wie einen Patienten zu behandeln. Sag mir lieber, was du als Freund von der Sache hältst.»

«Als Freund?» Nathan sah mich mitleidig an. «Als Freund sage ich: Armer Antoine. Muss es ausgerechnet die sein? Mein Gott, Paris ist voller schöner Frauen.» Er zog sein Handy hervor. «Hier, siehst du das?», fragte er. «Ich könnte jetzt drei Anrufe machen, und in einer halben Stunde sitzen hier drei entzückende Mädchen, eines schöner als das andere.» Er blickte hinunter in die Bar und ließ seine Blicke schweifen. «Oder sieh mal, die kleine Rothaarige da, die mit den langen Haaren und den engen Jeans. Die ist doch umwerfend!»

Das rothaarige Mädchen schaute plötzlich in unsere Richtung, als ob es Nathans Worte gehört hätte. Nathan nickte ihr zu, und die Kleine schenkte ihm einen koketten Blick.

«Siehst du?», fuhr Nathan begeistert fort. «Die steht da ganz allein und wartet nur darauf, von so einem netten, intelligenten Typ angesprochen zu werden, wie du einer bist. Mann, ist die sexy!»

Ich seufzte. Das rothaarige Mädchen nippte an seiner Piña Colada. Ja, sie war sexy, aber darum ging es doch gar nicht.

«Darum geht es doch gar nicht», erklärte ich mit Nachdruck. «Du tust grad so, als wäre bei mir der sexuelle Notstand ausgebrochen. Was soll ich mit der kleinen Roxanne da unten? Wenn du auf Rothaarige stehst, kannst du ja gern dein Glück bei ihr probieren.» Ich umklammerte meine kleine Tasse. «Verstehst du denn gar nicht, wie besonders das heute gewesen ist? Isabelle ist für mich bestimmt. Sie hat es gefühlt, genau wie ich. Sie hat mir ihre Telefonnummer zugeworfen – ich meine, das tut eine Frau doch nicht einfach *so.*»

«Du sagst es», entgegnete Nathan trocken. «Wer weiß, was das für eine Braut ist? Vielleicht ist das ihre Masche.»

Ich schnaubte empört.

«Und selbst wenn nicht», fuhr Nathan ungerührt fort. «Mensch, jetzt überleg doch mal! Bitte! Aktiviere deine grauen Zellen! Du hast bisher kein einziges Wort mit ihr gesprochen ...» Er schwieg einen Moment. «Nicht ein *einziges verdammtes* Wort. Wie kannst du da so sicher sein, dass das die Frau deines Lebens ist?» Nathan zerbröselte ein Stück braunen Zucker.

«Ich weiß es eben», entgegnete ich leise. Trotzig starrte ich die kleinen braunen Zuckerkrümel an, die auf die weiße Tischdecke rieselten, und plötzlich wurde ich ganz traurig.

«Okay, Antoine! Fassen wir mal zusammen. Das Mädel sieht super aus, tolle Figur, schönes Gesicht. Irgendetwas an ihr haut dich total um. Das ist nichts Ungewöhnliches oder Magisches. Das sind die Bilder, die wir von klein auf mit uns herumtragen.» Nathan war in seinem Element. «Glaubst du, mir ist so was nicht auch schon passiert? Ich meine, denk nur an Lucie. Weißt du noch, Lucie? Ich hab mich auf Anhieb in sie verknallt. Ein Blick, und ich war hin und weg. Aber dann ... Was war dann?» Er wartete einen Moment, um seine Frage selbst zu beantworten. «Dann macht dieses Wahnsinnsweib den Mund auf, sagt den ersten Satz, und du denkst nur noch: ‹Ach du liebe Güte, wie komm ich jetzt aus dieser Nummer wieder raus?› – Und das, mein lieber Antoine, ist die Realität.»

Ich dachte daran, dass Isabelle den Satz mit dem Buch geschrieben hatte. Eine Frau, die strohdumm war, hätte einen solchen Satz nicht schreiben können. Ich dachte an ihre schlanken Beine mit den zarten Fesseln, um die sich die Riemchen ihrer schwarzen Schuhe wanden. Ich dachte, dass selbst ihre Beine intelligent aussahen, aber das sagte ich nicht. Nathan hätte mich ausgelacht.

In der Bar begannen die Musiker mit ihrer Darbietung, der Saxophonist spielte *«I can't give you anything but love, baby»*, es war ziemlich laut, es war mehr, als ich im Moment ertragen konnte.

Nathan rückte mit seinem Stuhl an mich heran. «Hey, Antoine, jetzt sei nicht sauer.» Ich sagte nichts, und er stupste mich freundschaftlich in die Seite. «Das war ein schöner Traum, dem du da nachgejagt bist, aber die meisten Träume enden in einer Katastrophe, wenn man sie in die Wirklichkeit holt. – Komm, wir gehen an die Bar und trinken noch was!» Er blickte begeistert zu der Band hinüber. «Nicht schlecht, die Jungs, was?»

Ich schüttelte den Kopf. «Tut mir leid, Nathan, aber ich muss hier raus.»

Nathan sah mich enttäuscht an. «Schon gut, Antoine, dann gehen wir beide. Du bist eingeladen.»

Er zahlte, und wir drängten uns durch die lachenden und schwatzenden Menschen, die mittlerweile den Eingangsflur bevölkerten und sich im Rhythmus der Musik bewegten.

Dann schlug die Tür hinter uns zu, und es wurde ruhig. Die frische Luft tat gut. Ich atmete sie ein wie eine Kostbarkeit.

«Alles okay?» Nathan hakte sich bei mir ein. «Ich geh noch ein Stück mit dir», sagte er dann. «Na, komm, jetzt lass den Kopf nicht hängen! Morgen sieht die Welt schon wieder anders aus. Du brauchst einfach 'ne Mütze Schlaf.»

Ich nickte ergeben. Vielleicht hatte er recht. Vielleicht hatte ich mich wirklich in diese Sache reingesteigert. Vielleicht sah morgen alles ganz anders aus. Vielleicht sollte ich Isabelle vergessen und Natalie anrufen. Ich war völlig durcheinander, so viel stand fest. «Tut mir leid, dass ich so früh schlappmache. Jetzt konntest du gar nicht mehr die Band hören», sagte ich kleinlaut.

Nathan zog mich mit sich. «Mach dir keinen Kopf. Ich kann jeden Tag ins Bilboquet, wenn ich will.»

Gemeinsam gingen wir die paar Schritte bis zum Boulevard Saint-Germain. Hier trennten sich eigentlich unsere Wege, aber Nathan verabschiedete sich nicht wie sonst an der Ampel, um zur Metrostation zu gehen. «Ich bring dich noch nach Hause», sagte er. Ich glaube, er hatte ein schlechtes Gewissen.

«Glaub mir, wenn ich dir diese Isabelle herbeizaubern könnte, ich würde es auf der Stelle tun.» Er drückte versöhnlich meinen Arm, als wir den Boulevard heruntergingen. «Aber solange du sie noch nicht gefunden hast, musst du wohl mit dem alten Nathan vorliebnehmen, der die Weisheit auch nicht immer gepachtet hat.»

Die Rue Mabillon, in der ich wohne, war nicht weit entfernt, von daher hielt sich Nathans Opfer in Grenzen. Trotzdem fand ich es nett, dass er mich begleitete. Es hatte wieder angefangen zu regnen, ein Wind fegte durch die Straßen, es wurde ziemlich ungemütlich, und wir hatten beide keinen Schirm dabei. Die Lichter des Boulevards spiegelten sich auf den nassen Pflastersteinen. Autos fuhren vorbei, Wasser spritzte auf. Es war das typische Aprilsauwetter, aber es passte, und ich fand es auf eine merkwürdige Weise fast schön, so durch den Regen zu marschieren.

Schweigend gingen wir nebeneinanderher. An einer Litfaßsäule zerrte der Wind an einem regenfeuchten Plakat. Die eine Ecke hatte sich gelöst und schlug vor und zurück. Werbung für ein Konzert, ein Mann mit einer Geige, das Datum von letzter Woche. Alles war vergänglich. Es war Viertel vor elf, und der Tag neigte sich seinem Ende zu.

Eine Minute später stand ich wieder vor der Litfaßsäule.

Ich war daran vorbeigelaufen, wie man an einer Person vorbeiläuft, die man kennt und die man nicht bemerkt, weil man in Gedanken ist. Dreißig Sekunden hatte es gedauert, bis die Bilder in meinem Bewusstsein angekommen waren. Dann blieb ich so abrupt stehen, dass Nathan unsanft gegen mich prallte.

«He, Antoine! Pass doch auf!», rief er. «Was machst du denn?!»

Ich antwortete nicht. Ich lief zurück und verharrte vor der Litfaßsäule wie Schliemann vor dem Schatz des Priamos.

«Das gibt's doch nicht, das gibt's einfach nicht», murmelte ich entgeistert. Der Regen wehte mir ins Gesicht, aber ich spürte es nicht.

Nathan war inzwischen wieder an meiner Seite. Er konnte die Faszination, welche die Säule auf mich ausübte, offensichtlich nicht teilen. Verständnislos schaute er auf die regennassen Plakate, dann wieder auf mich, dann wieder auf die Plakate. Er berührte mich vorsichtig am Ärmel. Ich reagierte nicht. Wahrscheinlich hielt er mich für betrunken. Ein Betrunkener mit autistischen Zügen.

«Antoine? Geht's dir gut, Antoine?» Seine Stimme klang angespannt.

Ich nickte und starrte weiter auf das Plakat. Mir ging es gut. Um nicht zu sagen, sehr gut.

«Sprich mit mir! Was ist los, verdammt noch mal?» Er schüttelte mich. «Antoine!», schrie er in mein Ohr. «Hörst du mich, Antoine? Sag was!»

«Snape», sagte ich.

13

Nie wieder werde ich mich über schlechtes Wetter beschweren, das schwöre ich! Bei Sonnenschein, da bin ich mir absolut sicher, wäre ich an der Litfaßsäule vorbeispaziert, ohne das Geringste zu bemerken. Ich wäre daran vorbeigegangen, und damit wäre diese Geschichte zu Ende gewesen.

Vielleicht hätte ich in den nächsten Wochen noch jeden Tag voller Sehnsucht an Isabelle gedacht, in den nächsten Monaten gelegentlich, und dann, als alter Mann, hätte ich vielleicht ganz plötzlich noch einmal das Bild der schönen Frau aus dem Café de Flore vor mir gesehen, weil eine der hübschen, jungen Pflegerinnen im Altenheim an einem regnerischen Tag im Frühling ihren roten Regenschirm aufgespannt hätte, bevor sie nach Hause eilte.

Ich hätte mich erinnert an jenen aufregenden Tag im April, als ich die Frau meines Lebens fand und wieder verlor, und die Erinnerung wäre mir dennoch näher gewesen als das, was gerade um mich herum passiert wäre, als die Menschen, die kamen und gingen und von denen ich die Namen und das, was sie mir erzählten, oft genug vergaß.

Letztlich sind es immer nur die Erinnerungen, die bleiben. Doch den Erinnerungen an das, was niemals stattfinden konnte, haftet unweigerlich etwas von der leisen Wehmut unerfüllter Wünsche an. Als hätte das Leben seine Versprechen nicht eingelöst.

So aber hatte der Regen einen Zipfel des Plakats gelöst, der Wind hatte ungeduldig daran herumgezerrt, und durch die Bewegung war mein Blick genau auf die Stelle gelenkt worden, wo die Geschichte weiterging. Auf das Gesicht des Mannes, den ich Snape nannte. Der Mann, der mit Isabelle im Café gewesen war.

Er hielt eine Geige in der Hand und sah mich aus seinen dunklen Augen an.

«Ich fasse es nicht, das ist Snape», sagte ich noch einmal.

«Wer ist Snape?», fragte Nathan misstrauisch.

«Na, der Mann aus dem Flore. Das ist er!», entgegnete ich ungeduldig.

«Wieso Mann? Ich dachte, du suchst eine Frau.» Nathan kam nicht mehr mit.

«Mensch, kapierst du nicht – das ist der Typ, mit dem Isabelle in dem Café zusammen war», rief ich aufgeregt und studierte das Plakat genauer. Das St. Petersburger Salon-Orchester spielte – nein, *hatte* gespielt. Das Konzert war bereits letzte Woche gewesen.

«Und der heißt *Snape*?», fragte Nathan ungläubig.

Ich muss gestehen, dass ich dieses Detail meiner kleinen Geschichte ausgelassen hatte, als ich Nathan von der Begegnung mit Isabelle erzählte.

«Nein, natürlich heißt er nicht wirklich Snape, ich nenne ihn nur so. Was weiß ich, wie der Blödmann heißt...» Der Wind zerrte erneut an dem Plakatzipfel und gab plötzlich ein paar Buchstaben frei, die sich vor meinen Augen allmählich zu einem Namen formten. «Di-mi-tri An-to-nov», las ich langsam.

Und dann wäre ich fast in Ohnmacht gefallen. Eine Welle der Erkenntnis schwappte über mir zusammen, ich hörte eine Stimme, die «Dimitri-Dimitri» in mein Ohr schrie und Walzermelodien summte, Snape fidelte vor mir auf seiner Geige, aber es war gar nicht Snape, es war Dimitri. Der Dimitri, der sich mit Isabelle im Café getroffen hatte, jener Dimitri, von dem die durchgeknallte Russin am Telefon faselte, deren Nummer ich aus welchem Grund auch immer von Isabelle bekommen hatte.

Das war kein Zufall, das war das fehlende Verbindungsstück.

Ich taumelte in Nathans Arme.

Es war fünf vor elf, es goss in Strömen, und wie auch immer das alles zusammenhing, ich hatte eine erste, echte, ernst zu nehmende Spur.

14

Eine Viertelstunde später saßen wir auf meinem alten dunkelbraunen Ledersofa und diskutierten wie zwei Politiker.

Die nassen Jacken hingen über der Heizung unter dem Fenster. Unaufhörlich klatschte der Regen gegen die Scheiben. Nathan war noch mit hochgekommen in meine Drei-Zimmer-Altbauwohnung. Er sagte, man könne mich «in diesem exaltierten Zustand» nicht mir selbst überlassen, aber ich hatte den Verdacht, dass er nun, da meine Hirngespinste allmählich eine feste Form annahmen, selbst ziemlich interessiert an der ganzen Sache war.

Nachdem ich, überwältigt von Erkenntnis, im Angesicht der schicksalhaften Litfaßsäule, diesem Fingerzeig des Himmels, einen Moment der Schwäche gezeigt hatte und in Nathans Armen zusammensackte wie ein – in der Tat – nasser Sack, war ich den Rest des Heimwegs von einer Euphorie erfüllt, die mich geradezu über das Pflaster tanzen ließ.

Alle Energie kehrte in meinen entkräfteten Körper

zurück, ich war Gene Kelly, der im Regen steppte, ich hatte dieses unvergleichliche *Singin'-in-the-rain*-Gefühl, und wenn Nathan nicht an meiner Seite gewesen wäre, hätte ich vielleicht auch noch gesungen.

Stattdessen redete ich auf ihn ein, erklärte aufgeregt, welchen Zusammenhang es gab zwischen dem Musiker auf dem Plakat und der Telefonnummer mit der Endziffer 6, zwischen Snape und Anastasia und der schönen Isabelle, und mein skeptischer Freund fing allmählich Feuer. Als ich mit klammen Fingern die Tür zu meiner Wohnung in der Rue Mabillon aufschloss, war er mein Verbündeter.

Das neue Bündnis musste begossen werden. Ich war ziemlich außer Rand und Band und machte noch eine Flasche Rotwein auf. Ich füllte Nathan und mir die Gläser, wir ließen uns ins Sofa fallen und lachten wie irre, es war wie im Film, wenn zwei gute Freunde einen draufmachen. Und dann gerieten wir uns plötzlich in die Haare.

«Du willst doch nicht im Ernst jetzt noch bei der alten Tante anrufen!» Nathan runzelte die Stirn.

Ich rauchte meine dritte Zigarette und paffte aufsässig den Rauch in die Luft.

«Und wieso nicht? Meinst du, ich habe Lust, noch die ganze Nacht wach zu liegen und zu rätseln? Nach *so einem* Tag?» Ich fand, dass ich jedes Recht dazu hatte, anzurufen.

«Weißt du, wie spät es ist? Willst du, dass die Alte einen Herzinfarkt kriegt?»

«Wieso spät? Alte Leute können doch eh nachts nie

schlafen», entgegnete ich und zog mein Handy aus der Tasche. «Wer weiß, ob die Alte überhaupt drangeht? Vielleicht ... vielleicht war sie nur zu Besuch. Genau, sie hat Isabelle am Nachmittag besucht und ist ans Telefon gegangen, weil Isabelle gerade Kuchen holen war.»

«Ja, klar», sagte Nathan. «Das klingt logisch. Und weil das nicht ihr Apparat war, hat sie auch gleich ‹Dimitri, bist du es?› in den Hörer gerufen.»

Nathan ist mein Freund, aber manchmal hasse ich ihn.

«Meine Güte – diese Russin ist doch eh nicht ganz dicht. Die würde wahrscheinlich auch bei dir ans Telefon gehen und Dimitri schreien. Vielleicht hat Isabelle in ihrer Verwandtschaft russische Exilanten, was weiß ich. Das wird sich schon alles aufklären. Aber nur, wenn ich anrufe.» Ich überlegte einen Moment. «Vielleicht geht ja auch diesmal Isabelle dran, schließlich ist das ihre Nummer.»

Ich holte mein Notizbüchlein hervor. Antoine klatschte Beifall.

«Bravo ... nur zu! Wenn du dir die große Chance deines Lebens so richtig versauen willst, dann ruf jetzt an.» Nathan sah auf die Uhr. «Isabelle wird sich sicher freuen, wenn du sie zu nachtschlafender Zeit aus dem Bett wirfst, nachdem du am Nachmittag alles verpatzt hast.»

Zögernd ließ ich das Handy sinken. Nathan war ein Spielverderber, aber er hatte nicht ganz unrecht. Natürlich konnte es sein, dass meine Schöne schon schlief, und in der Regel macht man sich keine Freunde, wenn man die Menschen ohne Not aufweckt. Andererseits war es noch nicht *so* spät, ich meine, es war schließlich nicht drei Uhr nachts.

«Und was machst du, wenn der Musiker drangeht?», fuhr Nathan unbeirrt fort. «Was machst du dann? Willst du, dass sie deinetwegen einen Riesenkrach bekommt?» Nathan, das Schwein, legte den Finger mitten in die Wunde. «Kann doch gut sein, dass sie seine Freundin ist.»

Ich sog wie verrückt an meiner Zigarette. An diese Zusammenhänge wollte ich lieber nicht denken. Ich versuchte, meine Gedanken zu sortieren.

«Selbst wenn der bescheuerte Geiger ihr Freund ist – *sie* war diejenige, die mir ihre Nummer zugeworfen hat, schon vergessen?», trumpfte ich auf. «Das heißt, sie *will* mich sehen. Und wenn dieser St. Petersburger Saloniker abhebt, sag ich einfach ...»

«Sagst du einfach, dass du der liebe Antoine aus der Buchhandlung bist, bei der Isabelle ihr Buch jetzt abholen kann? – Um zwanzig nach elf?», lästerte Nathan.

«Natürlich nicht, denkst du, ich bin ein Idiot?»

Nathan protestierte nicht.

«Dann sag ich einfach ‹falsch verbunden›», beendete ich meine Ausführungen. Ich überlegte einen Moment. «Es ist doch so», sprach ich mehr zu mir selbst als zu Nathan, «entweder Snape geht dran, dann entschuldige ich mich und probiere es morgen früh noch mal. Oder die alte Russin geht dran, dann frag ich nach Isabelle und sag, dass es dringend ist. Die Alte schnallt sowieso nichts.

Wenn Isabelle nicht da ist, ist das zwar etwas seltsam, weil sie mir ja schließlich diese Nummer gegeben hat, aber dann kann ich ihr auf jeden Fall etwas ausrichten lassen. Irgendeine Verbindung wird es ja geben zwischen ihr und der alten Dame.» Ich drückte die Zigarette im Aschenbecher aus. «Und wenn Isabelle drangeht, kann ich ihr alles erklären. Und selbst, wenn es spät ist … sie wird es verstehen.»

Ich sah Nathan an. Er wirkte nicht überzeugt. «Kannst du nicht noch die paar Stunden warten?», fragte er.

Ich schüttelte den Kopf. «Nein, ich muss wissen, was Sache ist.» Ich merkte, wie meine Gedanken sich wieder verwirrten. Was hatte die alte Russin mit Isabelle zu tun, was hatte Snape mit der alten Russin zu tun, und warum hatte Isabelle mir die Telefonnummer von einer Wohnung gegeben, in der sie vielleicht gar nicht wohnte? Oder doch wohnte? Und wenn ja, mit wem wohnte? Es war wie eine Gleichung mit drei Unbekannten, und Mathematik war noch nie meine Stärke gewesen. Ich atmete tief durch und nahm mein Handy.

«Ich muss wissen, ob ich auf der richtigen Spur bin», wiederholte ich. «Ich brauche Klarheit. Und zwar jetzt. Mein Gefühl sagt mir, dass ich es jetzt tun muss.»

Nathan gab sich geschlagen. «Fahrende Züge kann man nicht aufhalten», murmelte er, und damit war die Sache entschieden.

15

Ich sage es nicht gern, aber es war bereits halb zwölf, als ich die Nummer mit der Endziffer 6 wählte. Diese überflüssige Diskussion hatte nur Zeit gekostet. Ich drückte die Tasten der kostbaren Nummer, und als die letzte Zahl eingegeben war, hielt selbst Nathan vor Aufregung die Luft an.

Es klingelte am anderen Ende der Leitung. Atemlos lauschte ich in die Stille zwischen den Tönen. Ich hörte mein Herz schlagen, und bei jedem Schlag vibrierte das Ohr an meinem Telefon.

Nach dem vierten Klingeln knackte es, ein Anrufbeantworter schaltete sich ein. «*Bonjour ... ici est la boîte vocale de Olga Antonova* ... hier ist der Anrufbeantworter von Olga Antonova», sagte eine Stimme. Es war die junge Stimme einer Frau, einer französischen Frau. Es war eine Stimme, die wie ein Goldpfeil mein Herz durchbohrte. Ich fasste mir mit der linken Hand an die Brust. Es schmerzte. Einen Moment hatte ich das Gefühl, dass mein Herz nicht mehr schlug, sondern nur noch zitterte, und ich geriet in Panik. War das ein Kammerflimmern? Mein überstrapaziertes kleines Herz konnte doch nicht einfach so versagen, nicht jetzt, denn diese Stimme ... war die Stimme von Isabelle!

«Na, was ist?», fragte Nathan von der anderen Ecke des Sofas.

Ich winkte unwirsch mit der Hand und bedeutete ihm, die Klappe zu halten, mein Herz besann sich und schlug weiter, und Isabelle beendete die telefonische Ansage für Olga Antonova mit der Aufforderung, eine Nachricht zu hinterlassen, wenn man wolle.

Und ob ich wollte!

Isabelle, ich bin's! Gott, ist das schön, deine Stimme zu hören! Ich bin so froh, dass ich dich endlich gefunden habe, froh ist gar kein Ausdruck! Sag mir, wann wir uns sehen können, sag mir, dass wir uns sehen können, und meine Seele wird wieder gesund ...

Verdammt, ich musste mich zusammenreißen! Antoine, reiß dich zusammen, befahl ich mir streng. Der Piepton erklang, und ich versuchte, meinen Verstand einzuschalten. Es musste alles ganz natürlich klingen. Nett, sympathisch, aber nicht wahnsinnig.

Meine Nachricht durfte bei anderen (Snape) keinen Argwohn wecken, aber sie musste für Isabelle die Botschaft enthalten, dass ich sie unbedingt, unbedingt wiedersehen wollte.

Ich räusperte mich, und Nathan beugte sich vor und musterte mich gespannt.

«Guten Abend, dies ist Antoine Bellier, von der Librairie du Soleil», begann ich. Daran war nichts auszusetzen. Ein guter Anfang!

«Dies ist eine Nachricht für ... Madame Isabelle ... äh ... Antonova», fügte ich zögernd hinzu. Vielleicht stimmte der Nachname nicht, eventuell stimmte sogar der Vorname nicht.

Hieß Isabelle in Wahrheit Olga?, schoss es mir durch den Kopf. Und hatte sie sich nur mir gegenüber als Isabelle ausgegeben? Oder hieß die Alte Olga, und Isabelle hatte ihr nur das Band besprochen? Es war in der Tat ein wenig verwirrend, aber ich würde mich nicht von solchen Kleinigkeiten abschrecken lassen.

«Madame, Sie hatten bei uns ein Buch bestellt, ‹Rendezvous im Café de Flore›, und ... und Sie hatten um Rückruf unter dieser Nummer gebeten ... um fünfzehn Uhr», sagte ich entschlossen. Das musste sie verstehen. «Dummerweise hatte ich Ihre Nummer zwischenzeitlich verlegt, und deswegen rufe ich jetzt erst an. Das Buch liegt für Sie zur Abholung bereit, und ... und ich würde mich freuen, wenn Sie es so bald wie möglich abholen könnten in unserer Buchhandlung in der Rue Bonaparte. Wir haben den ganzen Tag geöffnet.»

Ich zögerte einen Moment. Es war auf jeden Fall sicherer, wenn ich auch meine Nummer hinterließ, dann konnte sie mich einfach anrufen.

«Tja, also», stotterte ich, «wenn Sie das Buch nicht abholen können, wäre es sehr nett, wenn Sie mich ... wenn Sie mich kurz zurückrufen könnten, meine Nummer lautet ...»

Bevor ich meine Handynummer durchgeben konnte, knackte es in der Leitung.

Jemand hatte den Hörer abgenommen. Und ich hörte ein mir wohlbekanntes schweres Atmen am anderen Ende von Paris.

16

«Dimitri? Dimitri, bist du es?»

Für einen Augenblick wähnte ich mich in einem surrealistischen Film. Kennen Sie diesen Film, in dem ein Mann durch die Straßen läuft, und überall in den Häusern klingeln die Telefone? Und immer, wenn er drangeht, ist es für ihn? Es war bizarr.

«Dimitri?!» Die Stimme wurde schriller. «Ich kann dich kaum hören, du musst lauter sprechen!»

Nein, es war noch anders. Wahrscheinlich war ich in Wirklichkeit Dimitri und hatte das nur noch nicht so ganz begriffen. Ich stöhnte und verdrehte die Augen. Nathan hob die Hände in einer stummen Geste der Erwartung und starrte mich fragend an.

Ich deckte die Sprechmuschel des Handys ab und flüsterte: «Die Alte ist wieder dran.»

Nathan grinste. «Na, und?», sagte er leise. «Sprich deinen Text. Frag sie, ob Isabelle da ist.»

«Hier ist noch mal Antoine!», schrie ich in den Hörer.

Ich hörte ein kurzes Schnaufen. «Antoine?», fragte die alte Dame verwirrt.

«Genau.» Ich wagte einen Vorstoß. «Ich bin doch der Freund von Dimitri, erinnern Sie sich nicht?» Ich dachte mir, dass es sehr unwahrscheinlich war, dass sich dieser Dimitri in ihrer unmittelbaren Nähe befand, wenn sie dauernd nach ihm fragte.

«Aaaah ... Sie sind ein Freund von meinem Dimitri. Ein Freund ...» Sie schwieg einen Moment und schien die Neuigkeit zu verarbeiten. Ich wollte gerade nach Isabelle fragen, da kreischte sie plötzlich los, als würde ein Massenmörder vor ihr stehen.

«Oh, mein Gott!», schrie sie mit zittriger Stimme. «Was ist mit Dimitri? Ist etwas passiert?!» Ich konnte förmlich sehen, wie sie aufgeschreckt auf ihre kleine goldene Armbanduhr starrte und realisierte, wie spät es war. In diesem Moment tat sie mir wirklich leid, und ich fühlte mich wie so ein beschissener Mafioso, der über Leichen geht, um an sein Ziel zu kommen.

«Hören Sie, Madame Antonova – Sie sind doch Olga Antonova, oder?», vergewisserte ich mich.

«Ja, ja!», rief sie aufgeregt. «Was ist mit Dimitri?»

«Mit Dimitri ist alles in Ordnung!», schrie ich in den Hörer. «Alles in Ordnung!», wiederholte ich und hörte einen erleichterten Seufzer. «Es tut mir leid, dass ich so spät anrufe, ich wollte Sie nicht beunruhigen, aber Isabelle hat mir diese Nummer gegeben. Kann ich sie vielleicht sprechen?»

«Isabelle? – Isabelle ist nicht da.»

Bingo! Wenn Isabelle nicht da war, gab es sie zumindest. Ich winkte Nathan freudig zu.

«Wissen Sie, wann sie wiederkommt?», fragte ich gespannt.

«Was weiß ich? Sie ist ausgegangen. Die jungen Leute müssen immer feiern, feiern, feiern ...»

«Aber sie ... sie wohnt doch bei Ihnen, oder?»

«Nein!» Ihre Stimme klang plötzlich erbost. «Ich kann mich noch sehr gut selbst versorgen, wissen Sie?» Sie murmelte etwas Russisches, was ich nicht verstand, aber es hörte sich nicht sehr freundlich an.

«Aber ...», stammelte ich verwundert, «ich meine, warum ...» Ich verstummte.

«Hallo? Sind Sie noch dran?», fragte Olga. Sie gähnte und schien allmählich das Interesse an unserem Gespräch zu verlieren. Ich musste verhindern, dass sie auflegte.

«Ja, ja, natürlich», rief ich. «Madame Antonova, bitte legen Sie nicht auf. Es ist sehr wichtig, dass ich mit Isabelle spreche. Wie ... wie kann ich sie erreichen? Ich meine ... wo wohnt Isabelle denn, wenn das nicht ihre Wohnung ist?» Ich biss mir auf die Zunge. Die Wohnung schien ein Reizthema für die alte Dame zu sein.

«Isabelle wohnt in Boissy-sans-Avoir», erklärte sie mit lauter Stimme.

Boissy-sans-Avoir lag ungefähr fünfzig Kilometer von Paris entfernt. Ein kleiner, friedlicher Ort, der dadurch traurige Berühmtheit erlangt hatte, dass Romy Schneider dort begraben liegt.

«Dann ist Isabelle also bei Ihnen zu Besuch?», hakte

ich vorsichtig nach. Mein Gott, war das kompliziert mit der russischen Gräfin.

«Hallo?», schrie sie wieder. «Ich höre nichts mehr!»

«Isabelle ist zu Besuch bei Ihnen, *zu Besuch!*», wiederholte ich und erhöhte meine Phonstärke um ein Hundertfaches.

«Ja, zu Besuch.» Olga schien zu nicken. «Sonntag fährt sie wieder nach Hause, das liebe Kind.» Sie klang zufrieden. «Sie kommt mich oft besuchen.»

«Na, das ist doch wunderbar.» Ich war erleichtert, dass Isabelle nicht irgendwo in Australien wohnte. «Bitte, können Sie ihr ausrichten, dass ich angerufen habe?»

«Ja.» Sie schwieg verunsichert. «Wie war Ihr Name?»

«Antoine», antwortete ich geduldig und in angemessener Lautstärke. «Antoine Bellier – ich hatte auch auf den Anrufbeantworter gesprochen.» Nicht, dass die alte Olga meine Nachricht löschte! «Warten Sie, haben Sie etwas zu schreiben? Ich gebe Ihnen meine Nummer.»

Ich hörte, wie es klapperte, der Hörer wurde abgelegt, dann hörte ich leises Murmeln, Rascheln, Murmeln. Ich betete stumm, dass Olga auf der Suche nach einem Stift nicht vergaß, ans Telefon zurückzukehren.

«Die Alte holt jetzt was zum Schreiben», erklärte ich Nathan, der mein Telefonat wie eine kabarettistische Darbietung verfolgte. «Isabelle ist nur zu Besuch, aber sie kommt auf jeden Fall später wieder.» Ich reckte den Daumen in die Höhe, und Nathan prostete mir zu. Ich hatte Isabelle ausfindig gemacht. Alles andere würde sich finden, wenn wir endlich miteinander reden konnten.

«Hallo? Antoine?» Vor Überraschung fiel mir fast das Handy aus der Hand. Olga hatte meinen Namen behalten. Es bestand Hoffnung. Ich gab ihr meine Nummer durch, so laut ich konnte. Sie schrieb sie auf und wiederholte sie dann falsch. Ich wiederholte sie richtig. Sie strich die falschen Ziffern aus und setzte neue Zahlen darüber. Sie las sie erneut vor.

«Nein!», rief ich verzweifelt. «Nicht drei-vier-zwei am Ende! Zwei-vier-drei, zwei-vier-drei.»

«Zwei-vier-drei-zwei-vier-drei», wiederholte sie mit zittriger Stimme.

«Ja, genau! Aber nur *einmal!*» Ich flehte zum Himmel, dass Olga es diesmal richtig machte.

«Seien Sie unbesorgt, junger Mann, ich werde alles ausrichten.» Madame Antonova klang mit einem Mal ganz aufgeräumt.

«Das ist furchtbar nett von Ihnen!», sagte ich erleichtert. «Und – Madame Antonova?»

«Ja?», krähte sie in den Hörer.

«Danke.» Ich lächelte. «Und schlafen Sie gut.»

«Sie auch, junger Mann, Sie auch!»

Ich nickte. Ich war hundemüde. Ich hatte Isabelle gefunden. Es war Mitternacht, und morgen war auch noch ein Tag. Ich würde schlafen wie ein Stein, da war ich mir sicher.

Wie hätte ich auch ahnen können, dass diese Nacht für mich noch lange nicht zu Ende war.

17

Wir tranken noch ein Glas zusammen. Dann bestellte ich Nathan ein Taxi. Als er sich von mir verabschiedete, legte er mir beide Hände auf die Schultern und sah mich ganz merkwürdig an.

«Ich glaube, ich muss mich bei dir entschuldigen», sagte er. «Ich hab wirklich gedacht, du spinnst ein bisschen, als du mir im Bilboquet deine Geschichte erzählt hast.» Seine Augen flackerten. «Weißt du was? Du bist zu beneiden, Antoine! Du hast unbeirrt an das Unmögliche geglaubt, und jetzt ist es tatsächlich möglich geworden.» Er schüttelte den Kopf. «Dein alter Freund ist beeindruckt.»

Ich grinste. Ich kann nicht abstreiten, dass mich seine Worte mit einer gewissen Genugtuung erfüllten. So etwas nennt man wohl späte Rehabilitation.

Nathan machte die Tür auf und wandte sich zum Gehen.

«Ich wünsch dir Glück.» Er stieß mir mit dem Zeigefinger in die Brust. «Ruf mich an. Ich will unbedingt wissen, wie es weitergeht.»

«Wird gemacht.» Ich wünschte ihm eine gute Nacht, und Nathan lief die Treppen hinunter zum Ausgang.

Ich schloss die Tür und räumte die Gläser und den vollen Aschenbecher in die Küche. Mir war seltsam feierlich zumute. Ich hatte heute eine Schlacht geschlagen und war am Ende siegreich daraus hervorgegangen. Ich hatte einiges gelernt an diesem Tag, der schon seit einer Viertelstunde vorbei war. Ich hatte gelernt, dass man auf sich selbst hören soll. Dass es nicht das Schlechteste ist, sich auf seine Gefühle zu verlassen. Dass man nicht so schnell aufgeben darf, wenn es um Herzensdinge geht. Ja, man muss kämpfen für sein Glück! In der Liebe und im Krieg ist alles erlaubt. Und es ist nicht verkehrt, nach jedem Strohhalm zu greifen, der sich einem bietet.

Ich zog mich aus, schlüpfte in meinen Pyjama und ließ mich auf mein Bett fallen. Ich starrte an die Decke, und es war mir, als würde sie sich öffnen und mir den Blick auf einen Himmel voller Sterne freigeben. Mein letzter Gedanke, bevor ich endlich einschlief, war ein glücklicher.

Morgen, nein, heute würde ich die Frau meines Lebens wiedersehen!

18

Ich werfe mit Cola-Dosen auf den Denker von Rodin. Ich habe zehn Cola-Dosen, und meine Hände sind nass vor Angst. Ich muss die Skulptur zehnmal treffen, sonst habe ich Isabelle für immer verloren.

Sie sitzt auf einer Schaukel und sieht zu mir herüber. «Wenn du einmal daneben wirfst, fliege ich weg», sagt sie und lacht.

«Nein!», rufe ich. «Nein!»

Bis jetzt habe ich fünfmal getroffen. Hinter einer Absperrung stehen einige Japaner, die mich fotografieren. Jemand reicht mir die nächste Dose. Es ist Monsieur Duchaine in seiner blau-weiß gestreiften Schürze. «Diese hier ist mit Lammfleisch», sagt er bedeutungsvoll. «Hab ich heute früh selbst abgefüllt. Ist alles Eins-a-Qualität.» An seinem Hackebeil klebt Blut. Auch seine Schürze ist blutverschmiert.

Ich nehme die Dose. Sie ist unglaublich schwer. Ich kann sie kaum heben. Ich habe nicht mehr viel Zeit. Isabelle fängt schon an zu schaukeln. Ich werfe die Dose mit aller Kraft. Sie fliegt gegen den Denker. Der Denker stürzt von seinem Sockel, und alle schreien auf.

Der Museumswärter kommt auf mich zu. Er trägt ein Silbertablett und ist sehr zornig. «Dies ist kein Café für Sie, Monsieur!», ruft er und packt mich am Arm. «Gehen Sie, sonst hole ich die Polizei.»

Ich bin verzweifelt. «Aber ich musste es tun», versuche ich zu erklären. «Ich liebe diese Frau!» Ich zeige auf Isabelle, doch die Schaukel ist plötzlich leer. Isabelle schwebt mit ihrem roten Schirm davon wie Mary Poppins und lässt Hunderte von kleinen weißen Karten wie Konfetti herunterregnen. Die Karten sind leer.

Ich reiße mich los. «Isabelle», rufe ich, «Isabelle! Wo fliegst du hin?» Ich laufe hinter ihr her so schnell ich kann. Sie schwebt über die Seine, Richtung Eiffelturm.

«Sie geht zum Fest», sagt eine Stimme hinter mir. Es ist Rüdi, der schwule Friseur. Er lächelt verzückt und hat einen Zauberhut auf. «Ich habe allen Dreadlocks gemacht», erklärt er, «nur damit kann man fliegen. Eine neue *création* von Rüdi's Salon ...» Er fasst nach meinem Haar. «Möchtest du auch einen Termin? Natalie wird sich um dich kümmern.»

Ich bin verwirrt. Vor mir steht Natalie. Sie ist vollkommen nackt. Ihre Haut schimmert weiß wie Marmor. Sie sieht atemberaubend aus. «Du brauchst eine Eintrittskarte, sonst kommst du nicht rein», sagt sie. Ihre langen braunen Haare wehen im Wind. Ihre grünen Augen schimmern, und ihr Mund ist ganz nah. Sie küsst mich, ich spüre ihre weichen Lippen, die sich öffnen, und ich merke, wie ich den Boden unter den Füßen verliere. Mir ist, als würde ich fallen, aber in Wirklichkeit steige ich. Ich fliege und strecke die Arme weit nach vorne, ich habe nicht gewusst, dass es so leicht ist.

Ich fliege über die Seine, auf der beleuchtete Boote dahingleiten, den Nachthimmel entlang, bis zum Eiffelturm, der anfängt zu glitzern. Es ist die volle Stunde, ich höre leise Musik aus dem Restaurant Jules Verne, das sich auf der zweiten Plattform des Eiffelturms befindet, auf der ich jetzt lande. Ich weiß, dass Isabelle drinnen auf mich wartet, vor dem Eingang des Restaurants steht ihr roter Schirm. Ich will ihn berühren, da packt mich eine Hand am Kragen. Es ist Snape.

«Fass den Schirm nicht an», sagt er drohend. «Das ist meine Braut.»

Ich stoße ihn beiseite und betrete das Restaurant. Der Raum ist voller Menschen, sie lachen und tanzen. Ganz hinten sehe ich Isabelle. Sie schaut auf eine große Wanduhr. Sie sieht traurig aus.

Ich versuche, zu ihr durchzudringen, aber die anderen Gäste umringen mich in fröhlicher Ausgelassenheit. Eine alte Dame in einem weißen Spitzennachthemd fasst meine Hand und zwingt mich zu einem Walzer. «Sind Sie ein Freund von Dimitri?», schreit sie und lacht wie eine Irre. Ihr rosa Lippenstift ist verschmiert, und ihre silbergrauen Haare sind zu Dreadlocks gedreht. Es ist absurd, was hier passiert. «Kommen Sie auch zur Hochzeit?», kreischt sie. Wir drehen uns schneller und schneller. «Kommen-Sie-auch-zur-Hochzeit-kommen-Sie-auch-zur-Hochzeit?» Die Frage schrillt in meinen Ohren, begleitet von Gelächter und Walzermusik und einer Angst, die nach mir greift wie eine kalte Hand.

19

Ich schreckte auf. Was für ein entsetzlicher Albtraum. Benommen tastete ich nach der Nachttischlampe neben meinem Bett und machte Licht.

Im ersten Moment überkam mich grenzenlose Erleichterung. Ich war nicht auf dem Eiffelturm beim Tanz der ausgelassenen Verrückten, sondern in der Sicherheit meiner stillen, leeren Wohnung. Ich fuhr mir durch die Haare, die nassgeschwitzt waren. Dann sah ich auf meinen Wecker. Es war Viertel vor zwei. Ich stöhnte und ließ mich wieder in mein Kissen zurückfallen. Wenn ich so weitermachte, würde ich morgen aussehen wie ein Wrack.

Ich knautschte mir das Kopfkissen zusammen und drehte mich auf die Seite. Man musste kein Psychologe sein, um sich diesen seltsamen Traum zu erklären. Offenbar versuchte mein armes Hirn die Eindrücke der letzten Stunden in irgendeiner Form zu verarbeiten und stellte dabei die irrsinnigsten Verknüpfungen her. Das Gekreisch der alten Russin klang immer noch in meinen Ohren. *Sind Sie ein Freund von Dimitri? Kommen Sie auch zur Hochzeit?* Verrückt. Ich kicherte schläfrig in mein Kopfkissen. Wenn das so weiterging, würde dieser Geiger noch mein Blutsbruder.

Und dann kicherte ich nicht mehr.

Ich schoss in meinem Bett hoch und war mit einem Schlag hellwach. Mein Unterbewusstsein hatte eine wichtige Information abgespeichert, die mir, dem Riesenidioten, völlig entgangen war.

Sind Sie ein Freund von Dimitri? Kommen Sie auch zur Hochzeit?

Das hatte die alte Russin mich in meinem bizarren Traum gefragt. Aber sie hatte es mich eben nicht nur im Traum gefragt, sondern auch, als wir das erste Mal miteinander telefonierten.

Sie hatte Walzermelodien gesummt. Das ganze Orchester würde spielen. Und Dimitri hatte eine entzückende Braut gefunden, die schöner war als die schöne Wassilissa.

Stöhnend schlug ich mir an den Kopf. Wie hatte ich so blind sein können!

Isabelle war die Braut. Dimitri war der Bräutigam. Und ich war aus dem Spiel.

Denn das wirklich Schlimme an der ganzen Sache war, dass die gute Olga Antonova gefragt hatte: «Kommen Sie morgen auch zur Hochzeit?» *Morgen!* Und morgen war inzwischen heute!

In wenigen Stunden würde Isabelle einen anderen heiraten. Und ich hatte nicht einmal den Hauch einer

Chance gehabt, vorher mit ihr zu reden und ihr zu sagen, dass sie den größten Fehler ihres Lebens machte. Weil nämlich ich, Antoine Bellier, der richtige Mann für sie war.

Meine Nachricht auf dem Anrufbeantworter war ein Witz. Ob Isabelle sie am Abend noch abhören würde oder überhaupt entdecken würde, fraglich. Und dass die alte Anastasia meine Telefonnummer richtig weitergab, erschien mir zunehmend unwahrscheinlich.

Hochzeiten finden in Paris wie in den meisten europäischen Städten in der Regel am Vormittag statt. Und um drei Uhr nachts kann man niemanden mehr am Telefon davon überzeugen, seine Heirat am nächsten Morgen abzusagen. Jedenfalls keine Frau, die man nur einmal in einem Café gesehen hatte und die einem, vielleicht in einer Art Torschlusspanik, ihre Telefonnummer zugesteckt hatte.

Ich warf die Bettdecke zurück, sprang aus dem Bett und lief in der Wohnung hin und her wie ein Tiger im Käfig. Es war zum Verzweifeln! Ich hatte fälschlicherweise gedacht, dass mein größtes Problem gewesen wäre, Isabelle ausfindig zu machen. Doch mein größtes Problem war die Zeit. Es reichte jetzt eben nicht mehr, gemütlich abzuwarten, bis die Traumfrau irgendwann zurückrief. Oder sich, falls sie das nicht tat, selbst wieder zu melden.

Ich musste mir etwas einfallen lassen, und zwar schnell!

«Ich brauche eine Idee, lieber Gott, ich brauche eine

Idee», flüsterte ich, und mein Pyjama schlotterte um meinen Körper, während ich um meine Möbel kreiste.

Es konnte doch nicht sein, dass jemand da oben meine Blicke auf das Plakat der Litfaßsäule gelenkt hatte, mir freundlicherweise den richtigen Weg gewiesen hatte, um mich am Ende so zu verprellen?

Eines war jedenfalls klar: Mir blieben nur noch wenige Stunden für Plan B. Und der musste genial sein. So genial, dass keine Frau widerstehen konnte.

Die Frage war nur: War ich ein Genie?

20

Eine halbe Stunde später hatte ich Plan B. Ob er genial war, weiß ich nicht, aber er war meine einzige Chance.

Der Plan war einfach und ob er aufging, mehr als fraglich.

Ich musste Isabelle vor der Hochzeit abfangen und ihr alles erklären. Und dazu musste ich erst einmal wissen, wo sie wohnte.

Dem Himmel sei Dank hatte ich eine Telefonnummer und einen Namen. Diesmal sogar einen Nachnamen. Und mit einem bisschen Glück würde die gute Olga im Telefonbuch stehen.

Ich riss das Telefonbuch von meiner Kommode und blätterte es aufgeregt durch. «Antonova ... Antonova ...», murmelte ich beschwörend. «Da! Olga Antonova, Rue de Varenne ...»

Ich hüpfte in die Höhe. Rue de Varenne, war das zu fassen? Gestern noch war ich durch diese Straße gelaufen, um mich im Musée Rodin mit einer Isabelle zu treffen, die nicht die richtige Isabelle gewesen war, und dabei hatte ich noch nicht einmal geahnt, dass meine Isabelle ganz in der Nähe war.

Meine Isabelle?

Ich starrte aus dem Fenster in die Nacht, die keine Antwort für mich hatte. Mit einem Mal kamen mir meine Ansprüche ziemlich vermessen vor. Isabelle würde morgen einen russischen Geiger zum Mann nehmen, der ein attraktiver Typ war und bekannt dazu. Zumindest so bekannt, dass er auf Plakaten abgebildet war, die auf dem Boulevard Saint-Germain hingen. Plötzlich schnurrte ich auf Gartenzwerggröße zusammen.

Was war ich? Ein unbekannter Buchhändler, *très sympa*, wie man so sagt, aber gewiss keine tolle Erscheinung und erst recht nicht berühmt. Es erforderte schon ein gewisses Maß an Kühnheit, ja, Unverschämtheit, eine Hochzeit verhindern zu wollen, weil man sich in die schönen Augen der Braut verguckt hatte.

Vielleicht hätte ich an dieser Stelle aufgegeben, wäre da nicht dieser Satz gewesen, den Isabelle auf das kleine Kärtchen geschrieben hatte, bevor sie es mir zuwarf.

Ich würde Sie gern wiedersehen.

Ja, ich gebe zu, ich klammerte mich an diesen Satz. Er bewahrte mich vor dem Ertrinken. Ich meine, aus welchem Grund verteilte eine Frau solche Kärtchen am Tag vor ihrer *Hochzeit?* Weil sie Nymphomanin war? Weil sie sich nicht sicher war? Oder weil mein Anblick irgendwas – na ja – in ihr ausgelöst hatte?

Und ich? Ich musste nur an ihr Lächeln denken, und

mein Herz zog sich zusammen und wollte alles. Diese Frau wartete auf mich, und ich durfte nicht zu spät kommen. Der Traum hatte es mir deutlich gezeigt. Und egal, wie die Geschichte für mich ausging – und sie konnte in der Tat schrecklich enden, ich erinnerte mich mit Unbehagen an den rabiaten Griff von Monsieur Snape –, ich würde es riskieren! Nichts zu riskieren war das eigentliche Risiko im Leben. War das ein Zitat oder hatte ich diesen Satz gerade selbst erfunden?

Egal. Ich, Antoine Bellier, der vielleicht zu viele Romane gelesen hatte, würde mir jedenfalls später nicht den Vorwurf machen müssen, ich hätte nicht alles versucht.

In wenigen Stunden würde ich in die Rue de Varenne eilen und an Olga Antonovas Haustür klingeln, die auch vorübergehend Isabelles Haustür war.

Ich drückte meine Handflächen gegen die Fensterrahmen und sah mein Gesicht an, das sich in der Scheibe spiegelte. Regentropfen liefen über meine Stirn, meine Wangen, meine Nase – es sah aus, als schaute ein Gespenst zum Fenster hinein.

«Bist du dir wirklich ganz sicher, Antoine?», fragte ich.

«Ganz sicher», antwortete das Gespenst.

21

Um sechs Uhr war ich schon wieder auf den Beinen. Ich fand mich erstaunlich munter für jemanden, der nur knappe drei Stunden geschlafen hatte. Ich duschte ausgiebig, zog mir frische Sachen an und fühlte mich ganz neu. Alle Verwirrung war von mir abgefallen, und ich war in Anbetracht dessen, was vor mir lag, erstaunlich ruhig. Na ja – kein Mensch schafft es, siebzehn Stunden am Stück im Zustand höchster Erregung zu bleiben. Ich machte mir einen Espresso, fand noch ein paar Kekse, die ich mir mit dem letzten Rest der Erdbeermarmelade dick bestrich, und hinterließ Julie kurz eine Nachricht, dass ich ihr freundliches Angebot annehmen und erst später in die Buchhandlung kommen würde.

Und dann machte ich mich auf den Weg.

Es war sieben Uhr, als ich durch unseren kleinen Innenhof schritt und durch das Tor trat. Die Straßen waren noch ganz leer, der Himmel grau und wolkenverhangen, aber es regnete nicht mehr. Trotzdem hatte ich meinen Schirm dabei. Und natürlich mein Handy – immerhin konnte es ja sein, dass Isabelle meine Nachricht doch noch erhalten hatte.

Ich überlegte, ein Taxi zu nehmen, verwarf es aber wieder. Ich war weder in der Stimmung, mir die Statements eines griesgrämigen Taxifahrers zur Lage in Afghanistan anzuhören, noch das Gemecker über unsere unfähigen Politiker zu ertragen. In Paris sind alle Taxifahrer entweder schlecht gelaunt oder sie wollen mit einem diskutieren.

Die Metro machte auch keinen großen Sinn, zwei Stationen, und dann war ich doch nicht da, wo ich hinwollte. Außerdem fahre ich nicht gerne mit der Metro, worüber sich Nathan immer lustig macht. Zwar ist es nach wie vor verblüffend für mich, wie schnell man auf diese Weise ganz Paris durchqueren kann, aber ich habe mich bis heute nicht daran gewöhnen können, wie ein Maulwurf unter der Erde zu verschwinden und mit Menschen mit müden Gesichtern – und glauben Sie mir, im Neonlicht der U-Bahnen sieht jeder müde und ungesund aus – auf engstem Raum durch irgendwelche Tunnel zu rasen.

Und jetzt, da ich auf dem alles entscheidenden Weg war, brauchte ich die Gewissheit, jeden meiner Schritte selbst steuern zu können. Wenn so etwas in diesem Leben überhaupt möglich ist.

Ich kam an der Saint-Sulpice-Kirche vorbei und an dem Verlagshaus Plon, wo ich mir im letzten Sommer beim Rausgehen meine Hand in der schweren Eisengittertür eingeklemmt hatte. Es war sehr schmerzhaft gewesen, und ich dachte mit einem Lächeln daran, wie ich in meiner Not zu dem großen Springbrunnen auf dem Platz gestolpert war, um meine malträtierte Hand ins Wasser zu halten. Seitdem überkommt mich jedes Mal ein Gefühl der Dankbarkeit, wenn ich die Fontänen auf der Place St. Sulpice in die Luft schießen sehe.

Ich bog in die Rue Colombier ab. Im Vieux Colombier auf der Ecke fingen die Kellner an, die grün-schwarz gemusterten Bistrostuhle an die Tische zu schieben. Ich blickte durch die Glasfassade mit den altmodischen grünen Metallstreben und wurde ganz zuversichtlich. Der Tag war neu, und alles begann.

Ich marschierte zügig voran, der Morgen klarte allmählich auf, und ich überquerte die Rue de Rennes. Schritt für Schritt näherte ich mich meinem Ziel, so wie ich mich gestern Schritt für Schritt davon entfernt hatte. Eine Art Déjà-vu im Rückwärtsgang.

Es war Viertel vor acht, als ich vor einem alten hohen Gebäude unweit des Musée Rodin in der Rue de Varenne stehen blieb und aufgeregt die Namensschilder studierte. Erleichtert seufzte ich auf. Ich hatte das Haus gefunden, das ich suchte.

Die Rue de Varenne ist eine eher ruhige Straße. Besonders morgens um acht. Vor den Toren der Regierungsgebäude, von denen es hier viele gibt, stehen Wachposten in Uniform und betrachten die Passanten mit unbewegter Miene.

Ich fühlte mich etwas unbehaglich, wie ich da so vor dem Gebäude herumlungerte, als würde ich ein Bombenattentat planen.

Es war noch zu früh, um zu klingeln, andererseits wollte ich sichergehen, dass Isabelle das Haus nicht schon verließ und mir wieder entwischte.

Ich ging ein paar Schritte auf und ab und schwenkte meinen Schirm. Dann blieb ich wieder vor dem Haus stehen und lehnte mich an die Mauer. Ich sah auf meine Uhr und tat so, als ob ich wartete. Ich gähnte, obwohl ich nicht müde war. Ich fuhr mir mit den Fingern durch die Haare. Ich war ungefähr so verhaltensunauffällig wie Mr. Bean als Geheimagent.

Schließlich ging ich wieder ein paar Schritte die Straße entlang bis zur nächsten Ampel. Ich wartete, bis es grün wurde, dann überquerte ich die Straße und schaute mir angelegentlich die Auslagen eines kleinen Einrichtungsgeschäfts an, dessen Fassade ochsenblutrot gestrichen war. Gedeckte Tische, reich beladen mit bunten Gläsern und feinem Porzellan, Bestecke mit farbigen Griffen. Der richtige Laden für eine Hochzeitsliste. Ich schüttelte widerwillig den Kopf. Wieder schaute ich auf die Uhr. Wahrscheinlich war sie stehen geblieben. Die Zeit kroch wie eine Schnecke. Unschlüssig ging ich wieder zur Ampel zurück.

Ein Flic stand auf der anderen Seite und musterte mich mit prüfendem Blick. Sofort fühlte ich mich schuldig. Ich war der Mann, der hier nicht hingehörte. Ein Mann, der Wohnungen ausspionierte und Böses im Schilde führte.

Mein Handy klingelte. Es war Nathan. Der Polizist verfolgte interessiert jede meiner Bewegungen.

«Na, Antoine ... wie ist die Lage?», fragte Nathan kauend und rekelte sich. Offenbar frühstückte er gerade. «Schon wach?»

«Hallo Nathan», sagte ich und hielt den Kopf nach unten. «Ich bin hier gerade in der Rue de Varenne ...» Es klang selbst in meinen Ohren wie Philip Marlowe, der schnellstmöglich untertauchen muss.

«Du bist wo?», fragte Nathan erstaunt.

Ich bog in eine Seitenstraße ein. «Pass auf, die Lage ist ernster, als ich dachte. Ich hab nicht viel Zeit.» Ich drehte mich nach dem Polizisten um, um zu sehen, ob er mich verfolgte, aber er war an der Straßenecke stehen geblieben. «Ich glaube, nein, ich bin mir sicher, dass Isabelle heute heiratet. Ich hab mir die Adresse der Russin rausgesucht und werde mit Isabelle reden, bevor es zu spät ist.»

«Wie kommst du jetzt plötzlich darauf?», fragte Nathan.

«Die alte Dame hat das beim ersten Mal erwähnt – von wegen, ob ich zu Dimitris Hochzeit komme und so. Ist mir erst heute Nacht wieder eingefallen.»

Nathan gab einen ungläubigen Laut von sich.

«Ich muss jetzt Schluss machen», sagte ich, «ich ruf dich später wieder an.»

Ohne seine Antwort abzuwarten, drückte ich ihn weg und eilte wieder in die Rue de Varenne zurück. Der Polizist war verschwunden. Es war Viertel nach acht, und ich würde jetzt einfach klingeln. Ich würde mein Herz in beide Hände nehmen und klingeln, und dann würde ich in die Gegensprechanlage sprechen und Isabelle bitten herunterzukommen, weil ich ihr etwas sehr Wichtiges zu sagen hätte. Und sie würde wenige Momente später das Tor aufmachen und mich ansehen und sagen: «Da bist du ja endlich!» Und dann würde ich ihre Hand nehmen und sie nie wieder loslassen.

So hatte ich mir das in etwa vorgestellt. Aber es kam natürlich ganz anders.

22

Ich drückte zweimal auf den Messingknopf und wartete.

Es dauerte eine Ewigkeit, dann knisterte es in der Gegensprechanlage.

«Hallo?» Eine völlig verzerrte Stimme fand ihren Weg aus den Schlitzen des kleinen akustischen Quadrates an der Seite des Tors. War das Isabelle? Ich beugte mich der Stimme entgegen.

«Ja, hier ist Antoine Bellier, der Mann aus dem Café. Sind Sie es, Isabelle?»

«Hallo?!», fragte die Stimme lauter. Es klang schriller als beim ersten Mal, irgendwie aufgeschreckt, und ich ahnte schon, dass es nicht Isabelle war. «Wer ist denn da?»

Und dann kam der Satz, vor dem ich mich gefürchtet hatte, meine ganz persönliche Folter.

«Dimitri? Dimitri, bist du es?», kreischte es in mein Ohr.

Ich kniff die Augen zusammen und zog unwillkürlich

die Schultern hoch. Warum konnte es nicht einmal sofort klappen?

«Ich muss mit Isabelle sprechen», schrie ich statt einer Antwort.

«Hallo? Wer ist da?», wiederholte die Alte stur. «Ich lasse keinen rein!»

Heute Morgen noch war ich die Ruhe selbst gewesen. Jetzt hörte ich das Blut in meinen Ohren rauschen. Ich sah auf das große grüne Tor und überlegte kurz, ob man es eintreten konnte. Natürlich konnte man nicht, und ich zwang gewaltsam meinen Puls herunter. Jeder Yogi wäre stolz auf mich gewesen.

«Madame Antonova», rief ich und heuchelte Begeisterung, «hier ist noch mal Antoine. Wir haben gestern Abend telefoniert, erinnern Sie sich?»

«Nein.» Ihre Stimme klang furchtsam und verwirrt. Wahrscheinlich war sie gerade erst aus dem Bett geschlurft. «Was wollen Sie von mir?»

«Gar nichts, Madame Antonova, gar nichts.» Ich beschloss, ihr eine Freude zu machen. «Ich bin ein Freund von Dimitri», erklärte ich. Mittlerweile glaubte ich es fast schon selbst. «Kann ich bitte Isabelle sprechen? Es ist dringend.»

«Ach so.» Sie wurde zutraulicher. «Warum haben Sie das nicht gleich gesagt. Gehen Sie auch zur Hochzeit?»

«Ja!», schrie ich verzweifelt. «Ist Isabelle da?» Meine Güte, wie groß war diese Exil-Russinnen-Wohnung, dass Isabelle nichts von dem mitbekam, was sich im Flur abspielte?

«Isabelle ist eben los. Sie holt die Blumen», schnarrte es durch den Lautsprecher.

«Was?», schrie ich fassungslos.

Wann hatte Isabelle das Haus verlassen? Ich hatte keine blonde Frau die Straße entlanggehen sehen. War es dieser eine kurze Moment gewesen, als ich mit Nathan telefonierte?

Zut, alors! So eine verdammte Scheiße! Ich schlug mit der Faust gegen die Mauer.

«Sie holt Blu-men. Für die Hoch-zeit!» Olga schrie nun aus Leibeskräften. «Hören Sie mich?» Wahrscheinlich hielt sie mich für taub.

«Ja, ja, ich höre Sie. Kommt Isabelle noch mal zurück?»

Meine russische Verbündete überlegte einen Moment.

«Nein», entschied sie dann. «Sie wollte noch etwas … etwas erledigen, glaube ich.»

Ich hätte gern in die Mauer gebissen. «Wo ist der Blumenladen, wo?», rief ich. «Gleich in der Nähe, in der Rue de Bourgogne, glaube ich …», entgegnete Madame Antonova.

«Danke», schrie ich und wollte schon wegstürzen, da fiel mir noch etwas ein.

«Madame Antonova? Hallo? Sind Sie noch da?»

Die Sprechanlage knisterte.

«Ja? – Wollen Sie nicht vielleicht doch hochkommen, junger Mann, ich kann hier nicht mehr lange stehen.»

Ich sah die alte Dame auf Krücken vor ihrer Tür herumbalancieren und hoffte, dass sie noch einen Moment durchhielt.

«Ein anderes Mal, Madame ... ein anderes Mal!», entgegnete ich freundlich und in der trügerischen Annahme, dass dieser Tag niemals kommen würde. «Wo findet die Hochzeit denn statt?»

Ich kauerte über der Sprechanlage, begierig, jeden Ton aufzusaugen, der herauskam.

Olga antwortete nicht sofort. «Die Hochzeit ...», wiederholte sie nachdenklich, und ich verfluchte ihr Kurzzeitgedächtnis.

«In der Sacré-Cœur», sagte sie plötzlich mit lauter Stimme, und ich konnte nur hoffen, dass sie nicht einfach die erste Kirche nannte, die ihr eingefallen war. Sie kicherte glücklich. «Heute Vormittag in der alten Zuckerbäckerkirche. Von dort hat man den schönsten Blick auf Paris ...»

«Alles klar», rief ich. «Ich muss los.»

«Grüßen Sie Dimitri von mir ...», ihre Stimme zitterte, «für mich ist das alles zu anstrengend ...»

«Klar, wird gemacht», sagte ich und wünschte Dimitri auf den Mond.

23

Wie ein Besessener rannte ich die Rue de Bourgogne entlang. Wo war dieser verdammte Blumenladen, wo? Ich hatte etwas Zeit verloren, aber es war nicht ausgeschlossen, dass ich Isabelle noch antraf.

Ich blickte nach rechts und links, lief vorbei an einem kleinen Hotel, einer Boulangerie, einem Traiteur, der noch geschlossen hatte, einem Gemüseladen, der schon auf hatte, einer Drogerie, einer Bank, an der ein Mann stand, der sich Geld zog – kein Blumenladen weit und breit. Vielleicht hatte sich die Alte das alles nur ausgedacht und lebte in ihrem eigenen Traum vom Glück.

Aber diesen Dimitri gab es jedenfalls. Und Isabelle gab es auch. Und da, links auf der Ecke, war endlich auch der Blumenladen!

Ich schoss hinein wie ein Rottweiler auf Hasenjagd, rannte gegen einen Blumenkübel, der polternd umfiel, bremste ab und sah mich um. Der Laden war sehr übersichtlich, und Isabelle war nicht drin. Stattdessen sah mich ein junges Mädchen mit einem blonden Pferdeschwanz freundlich an.

«Na, Sie haben es aber eilig», sagte sie und richtete den Kübel wieder auf. «Sind Sie auf der Flucht?» Ihre Mundwinkel verzogen sich nach oben. Sie hatte reizende Grübchen.

Nein, auf der Jagd, hätte ich fast gesagt. Meine Affinität zu Blumengeschäften war hoch in diesen Tagen, fand ich.

«Oh, Mann, tut mir echt leid, pardon», entgegnete ich atemlos. Verlegen trat ich aus der Wasserlache, in der ich stand. «Ich ... ich suche jemanden.»

Sie bückte sich und steckte die Blumen in den Kübel zurück. «Aha», sagte sie, «kann ich helfen?»

Ich nickte dankbar. «Vielleicht.» Ich half ihr, das Wasser aufzuwischen, und sah sie an.

«War zufälligerweise gerade eine sehr gut aussehende blonde Frau bei Ihnen, die einen, einen ... Brautstrauß abgeholt hat?»

Wir richteten uns gemeinsam auf.

«Ob das der Brautstrauß war, weiß ich nicht», antwortete das Mädchen. «Aber auf jeden Fall war hier vor etwa einer halben Stunde eine blonde Frau, die zwei wunderschöne Blumenbouquets gekauft hat.»

Zwei Sträuße? War das üblich? Es war schon über ein Jahr her, dass ich auf einer Hochzeit gewesen war. Meine Freunde ließen sich Zeit mit dem Heiraten. Wer weiß, vielleicht kaufte man mittlerweile zwei Sträuße – einen zum Behalten und einen zum Werfen?

Das Blumenmädchen bemerkte meine Verwirrung.

«Sie war nicht allein. Draußen auf der Straße wartete noch eine andere Frau, die gerade ein Taxi bestellte», fuhr sie eifrig fort. «Ich habe es genau gesehen. Sie war auch sehr hübsch, wenn Sie mich fragen, sogar hübscher als die andere. Sie hätte ein Model sein können. Allerdings hatte sie dunkle Haare.» Die Blumenfee hielt eine Hand vor die Brust. «So bis hier.» Sie sah mich von unten an. «Aber Sie stehen wohl mehr auf blond, was?»

Eine Frau mit dunklen Haaren? Hatte dieser Dimitri eine Schwester?

«Auf jeden Fall wollten die beiden zu einer Hochzeit», plapperte das blonde Kind munter weiter, und ihr Pferdeschwanz wippte. «Ich weiß das deswegen so genau, weil ich gestern gehört habe, wie die blonde Dame fragte, ob sie die Blumen auch schon ganz früh abholen kann, weil sie zu einer Hochzeit will, die im Marais stattfindet.» Sie legte den Aufnehmer zur Seite. «Normalerweise machen wir erst um neun Uhr auf, wissen Sie?»

Ich starrte sie entgeistert an. Die Sache wurde immer undurchsichtiger. Es war Isabelle, die im Blumenladen gewesen war, ohne Zweifel. Eine dunkelhaarige Schönheit war jetzt auch noch im Spiel, und es gab zwei Sträuße. Aber wieso fand die verdammte Hochzeit im Marais statt?

«Das kann nicht sein», erwiderte ich. «Sind Sie sicher, dass sie ‹Marais› gesagt hat und nicht ‹Montmartre›?»

Die Kleine nickte. «Ziemlich sicher.» Sie überlegte einen Moment. «Sie hat mit der Chefin gesprochen, wissen

Sie? Ich meine, sie hätte sogar die Kirche erwähnt... warten Sie... ich hab's gleich...»

Ich sah sie erwartungsvoll an und dachte: Spuck's aus, Kleine, spuck's aus!

Sie runzelte angestrengt die Stirn, dann schüttelte sie den Kopf. «Nein, es will mir einfach nicht einfallen – ich bin nicht so gut in Namen, wissen Sie?» Sie zuckte die Achseln und lachte.

Ich tat so, als ob ich auch lachte. Musste dieses Mädchen wirklich an jeden Satz ihr «wissen Sie?» anhängen.

«Wissen Sie was?» Sie strahlte mich an. «Ich könnte eben die Chefin anrufen, die hat sich länger mit der Kundin unterhalten und weiß es bestimmt noch.»

Ich sah auf die Uhr. Es war zehn Minuten vor neun. Wie viel Zeit blieb mir noch? Und wie viele verdammte Kirchen, in denen Isabelle heiraten wollte, gab es eigentlich in Paris?

24

Dreißig nervenaufreibende Minuten später hatte ich die Informationen, die ich brauchte. So lange hatte es gedauert, bis «die Chefin» ihr Dauertelefonat mit einer Freundin beendet hatte und ihre Angestellte zu ihr durchgedrungen war. Immerhin war die Chefin offenbar besser in Namen als ihre blonde Hilfe.

Der Name der Kirche war Saint-Paul-Saint-Louis. Und die Hochzeit, um die es ging, fand um halb elf statt, vielleicht auch um zehn. *Wenn* es die Hochzeit war, die ich verhindern wollte. Und wenn sie überhaupt dort stattfand und nicht doch am Montmartre.

Sicher war es um das Erinnerungsvermögen der alten Anastasia nicht gut bestellt, aber immerhin ging es nicht um irgendetwas, sondern um ihren geliebten Dimitri, und da musste man ihr vielleicht doch einen lichten Moment zutrauen.

Mir blieben also noch eine lächerliche halbe Stunde und zehn Minuten, um herauszufinden, wo genau im Marais die Église Saint-Paul-Saint-Louis lag, und dann vor zwei Kirchen gleichzeitig zu erscheinen und die Braut zu entführen.

Eine echte Herausforderung. Ich würde der erste Buchhändler sein, der das Wunder der Bilokation vollbrachte. Wenn ich nicht vorher wahnsinnig wurde. Ich stöhnte.

Mit starrer Miene verfolgte ich, wie die kleine Blumenmamsell die Kirche auf einem Stadtplan heraussuchte. «Hier», sagte sie aufgeregt. «Sehen Sie? Die Kirche liegt genau da, wo die Rue de Rivoli in die Rue Saint Antoine übergeht.»

Die Rue *Saint Antoine*? Ich stieß ein irres Lachen aus, und das Blumenmädchen sah mich erschreckt an. War das wieder so ein Trick? Hielt mich jemand aus Amélies wunderbarer Welt zum Narren und legte Spuren? Verteilte jemand in ganz Paris Kärtchen, Litfaßsäulen, Blumenmädchen und Plakate, um mich von einem Ort zum anderen zu hetzen?

Ich beugte mich schnell über den Plan, und dann hatte ich eine Idee. Es gab zwei Kirchen, die für die Hochzeit infrage kamen, aber nur einen Mann, der sie verhindern konnte, nämlich mich. Wenn man es mal andersherum betrachtete, war es nicht eine Kirche zu viel, sondern ein Mann zu wenig. Und deswegen – ich dankte dem Blumenmädchen, trat auf die Straße und hielt Ausschau nach einem Taxi – musste jetzt Nathan dran glauben.

Drei Minuten später hatte ich ein Taxi – und Nathan am Apparat.

«Zur Église Saint-Paul-Saint-Louis, *vite, vite*», rief ich dem Taxifahrer entgegen, als ich die Tür aufriss und mich hinten auf die Sitzbank fallen ließ.

«Nathan?», schrie ich in den Hörer. «Hier ist Antoine. Du musst sofort kommen. Es geht los.»

«Antoine, was soll der Quatsch? Ich hab hier gerade einen Klienten ...», ich hörte, wie eine Tür zugezogen wurde, «... auf der Couch liegen», beendete Nathan seinen Satz.

«Dann schick ihn nach Hause», befahl ich. «Du musst für mich zur Sacré-Cœur fahren – *sofort!*»

«Antoine, bist du übergeschnappt? Ich kann den Mann doch nicht einfach hier liegen lassen. Der braucht mich.»

«Ich brauche dich! Ich!», sagte ich beschwörend. Der Taxifahrer guckte mich gespannt aus dem Rückspiegel an und bremste plötzlich, weil er beinahe einen Fahrradfahrer umgenietet hätte, der nun wütend auf das Dach des Wagens einschlug. «Gucken Sie nach vorn», herrschte ich ihn an.

«Nathan!», fuhr ich fort. «Du bist mein Freund und du hilfst mir jetzt!» Ich überhörte seinen Protest. «Hör zu, es gibt zwei Hochzeiten ... nein, zwei Kirchen, wo Isabelle sein kann.» Ich starrte den Taxifahrer hasserfüllt an, der schon wieder seinen Rückspiegel konsultierte, um auch nur ja alles von dem Drama mitzubekommen, das sich im Fond seines Wagens abspielte. «Die Alte sagt, es ist am Montmartre, die Blumenfrau sagt, es ist im Marais.» Meine Worte prasselten wie Pfeile auf den verstummten Nathan. «Ich bin jetzt unterwegs zur Saint-Paul-Saint-Louis, deine Praxis ist doch in der Nähe vom Montmartre. Jetzt nimm die verdammte Metro ... und ruf mich an, wenn du an der Kirche bist.»

«Okay, beruhige dich. Ich tu's ja», sagte Nathan. «Aber – was soll ich machen, wenn Isabelle wirklich dort ist?»

«Dann rufst du mich an und verzögerst die Eheschließung, bis ich komme», entgegnete ich.

«Na toll! Und wie soll ich das machen? Soll ich Schusswaffen mitnehmen?»

Ich wurde ärgerlich. «Meine Güte, Nathan. Was weiß ich? Lass dir halt was einfallen. Du bist doch der Psychologe.» Ich überlegte. «Sag, die alte Russin hätte vor Aufregung einen Herzanfall gekriegt, und jetzt liegt sie in den letzten Zügen und will Isabelle noch mal sehen. – Nein, noch besser, sag diesem blöden Dimitri, dass er sofort ins Krankenhaus kommen soll.» Ich lachte, entzückt über meine Idee, dann sagte ich streng: «Ich verlass mich auf dich.»

Erschöpft ließ ich mich zurückfallen und wechselte erneut einen Blick mit dem Taxifahrer.

«Des problèmes, 'sieur?», fragte er scheinheilig und sah nach vorn auf die Straße.

Ich antwortete nicht und sah auch nach vorn auf die Straße. Was für eine blöde Frage! Natürlich gab es Probleme. Es gab immer Probleme, und alle Taxifahrer wussten das.

Und dann bemerkte ich erst, dass in der Tat genau

in diesem Augenblick ein neues Problem auftauchte. Ein Problem, das nicht einmal ich lösen konnte.

Es war Viertel vor zehn, es war Freitag, wir hatten gerade die Seine überquert, und wir standen im Stau.

25

Im Zeitlupentempo wälzte sich die Blechlawine die Rue de Rivoli entlang. Es hatte wieder angefangen zu regnen. Mag sein, dass wir auf eine Klimakatastrophe zusteuerten und dass am Ufer der Seine bald Palmen wachsen würden, wie einige Umweltexperten prophezeiten. Der April blieb davon offenbar unberührt. Eine kapriziöse Diva, die in schneller Folge ihre wechselhaften Launen auslebte und uns allen gewaltig auf die Nerven ging.

Ich trommelte mit den Fingern gegen die Scheibe. Der Fahrradfahrer, den mein Chauffeur eben fast gerammt hatte, fuhr an uns vorbei. Er wenigstens kam voran. Ich sah mich in einer wilden Phantasie die Autotür aufreißen und den fröhlichen Studenten vom Fahrrad stoßen, um dann selbst damit weiterzufahren.

«*Aaah, merde!*», fluchte jetzt auch der Taxifahrer. Seine schweren Hände klatschten auf das Lenkrad. «Ein bisschen Regen – und schon fahren hier alle wie die Henker. Wahrscheinlich hat so ein Idiot wieder nicht aufgepasst.»

«Monsieur», erklärte ich gepresst und zog mich zwischen den beiden Vordersitzen nach vorn, «ich hab es furchtbar eilig.» Ich sprach meine verzweifelte Botschaft direkt in sein rechtes Ohr. Das große Ohr eines alten Franzosen. Wenn wir weiter so vorankamen, würden wir die Kirche Saint-Paul-Saint-Louis – was für ein Name war das überhaupt?! – an diesem Tag nicht mehr erreichen, das war so sicher wie das Amen in derselben.

Der Taxifahrer nickte. «Hab schon verstanden, Monsieur, aber was soll ich tun?» Er wandte seinen Kopf in meine Richtung. *«Les Russes, hein?»*, fragte er. «Nichts als Ärger mit den Russen.» Offenbar wollte er den Stau nutzen, um mir seine Meinung über Russen kundzutun. Ich ließ mich in meinen Sitz zurückfallen und überlegte fieberhaft, was für Möglichkeiten ich noch hatte.

«Es ist doch so», fuhr der Taxifahrer ermutigt fort, er hatte wieder Land gewonnen, «wer kann sich heute die teuersten Hotels in der Stadt leisten, wer hängt in den Edelschuppen rum, *hein*? Nicht die Scheichs, das war mal.» Er gestikulierte wild mit den Händen. «Ich sag's Ihnen, Monsieur, es sind die Russen! Früher haben sie immer auf arm gemacht, und jetzt? Jetzt fallen sie hier ein und wedeln mit ihren dicken Scheinen, trinken Champagner, fressen Austern und Kaviar, stinken vor Geld und kaufen sich alles – unsere Firmen, unsere Frauen ...»

Es ging wieder ein Stück voran, er brauchte seine Hand zum Schalten, machte eine Sprechpause von fünf Sekunden und suchte meinen Blick im Rückspiegel.

Meine Augen starrten glasig zurück. Eine merkwürdige, zementartige Lähmung hatte mich befallen, aber in meinem Innersten brodelte der Vulkan.

Ich hatte keine Lust, in eine rassistische Russendiskussion einzusteigen, und hätte am liebsten «Schnauze» geschrien.

Was gingen mich die Russen an? Ich wollte zu Isabelle, und es war zehn vor zehn! Ich war gerade auf dem besten Weg, alles zu verlieren. Die Russen waren nun wirklich nicht mein Problem. Oder doch?

Während ich die Ausführungen des Taxifahrers, der inzwischen so richtig in Schwung gekommen war und alles «ganz genau» wusste, über mich ergehen ließ – Taxifahrer in Paris wissen immer alles ganz genau und haben zu jedem Thema eine dezidierte Meinung –, reifte in mir ein wahrhaft diabolischer Plan.

«*Mais, Monsieur*», fiel ich unvermittelt ein in seinen Monolog, «was soll ich erst sagen? Mir hat so ein verdammter Russe mein Mädchen ausgespannt.»

Der Taxifahrer kuschelte sich wohlig in seinen Sitz. «Während ich geschäftlich wegmusste.» Ich beugte mich wieder vor und hieb mit der Hand auf das Polster vor mir. «Ich hab geschuftet wie ein Blöder, und der macht sich an meine Kleine ran.» Es war eine wahrhaft herzzerreißende Geschichte. «Und wenn ich nicht in ...», ich sah auf die Uhr, «... in zehn Minuten an dieser verdammten Kirche bin, wird er sie heiraten. Meine Isabelle! Helfen Sie mir, Monsieur!»

Ein schluchzender Laut entrang sich meiner Kehle.

Der Taxifahrer knirschte mit den Zähnen.

«Das wollen wir doch mal sehen ... das wollen wir doch mal sehen», murmelte er. Dann legte er den Rückwärtsgang ein. «Halten Sie sich gut fest, Monsieur. Es geht los!»

26

Es war eine der spektakulärsten Taxifahrten, die ich je erlebt habe, eine brillante Mischung aus Achterbahn und Autoscooter.

Mit quietschenden Reifen setzte der Wagen ein paar Meter zurück, scherte dann aus, durchbrach den Stau, ohne auf das wütende Gehupe der anderen Autofahrer zu achten, und holperte ein Stück über den Bürgersteig. Ein Schwarzer, der mit seinem blauen Müllbeutel voller Handtaschenimitate die Straße entlangschlurfte, sprang aufgeschreckt zur Seite.

«Arschloch!», schrie er und schüttelte die Faust.

«Ta gueule!», schrie mein Taxifahrer zurück und zeigte ihm den Finger. «Und wo ist deine Genehmigung, hä, wo ist die?» Dann bog er in eine Seitenstraße ein.

«Keine Sorge, Monsieur», sagte er zu mir. «Wir hauen Ihre Kleine da raus. Wir schaffen das schon, ich kenne eine Abkürzung.»

Wieder bog er scharf um die Kurve, und ich klammerte mich an der Rücklehne des Vordersitzes fest.

Entweder würden wir die Kirche pünktlich erreichen oder tödlich verunglücken, und beides war okay.

Unser Mann in Paris brauste gerade in der falschen Richtung durch die Pfützen einer Einbahnstraße, als mein Handy klingelte. Es war Viertel nach zehn.

«Ja», schrie ich in den Hörer.

«Hier ist Nathan.» Ich hörte Stimmen im Hintergrund. «Ich bin jetzt am Montmartre, aber hier oben ist nichts. Es schifft wie bescheuert, ich sag dir, das würde ich ...», einen kleinen Moment war die Verbindung unterbrochen, dann war Nathan wieder dran, «... war eben in der Kirche – nur die üblichen Touristen. Ich war sogar unten am Karussell und hab mich ein bisschen in den Cafés umgeschaut. Hier ist keine Braut ... und keine Hochzeit. Und bei dir?»

Ein Auto kam uns entgegen, und der Taxifahrer wich geistesgegenwärtig auf den Bürgersteig aus und rammte eine Mülltonne.

«Kann ich noch nicht sagen. Bin noch auf dem Weg.» Meine Gedanken überschlugen sich. Dann schied Sacré-Cœur also aus, und Anastasia hatte fabuliert. Im Geiste sah ich die schneeweiße Basilika mit ihren byzantinischen Kuppeln aufragen. Ich war vor Jahren mal auf einer Hochzeit am Montmartre gewesen, allerdings fand sie nicht in der Sacré-Cœur statt, sondern in einer kleinen Kirche, die gleich daneben steht und die kaum Beachtung findet, obwohl sie eine der ältesten Kirchen von Paris ist.

«Nathan», rief ich, «hast du auch in der kleinen Kirche geschaut, in Saint-Pierre-de-Montmartre?»

Nathan verneinte. «Bleib dran, ich nehm dich mit», sagte er und trabte los ...

«So, ich steh jetzt vor der Kirche, schöne Tür übrigens», sagte er einige Minuten später. Und dann aufgeregt: «Antoine! Da drinnen spielt Musik.»

Ich fuhr in meinem Sitz hoch. Das war das St. Petersburger Salonorchester. «Verdammt!», stieß ich hervor.

Inzwischen hatte der Taxifahrer die Einbahnstraße verlassen und fuhr wieder nach den Regeln des Pariser Straßenverkehrsamtes, wenn man von der überhöhten Geschwindigkeit mal absah.

«Keine Sorge, Monsieur, wir sind sofort da», rief er. «Jetzt nur nicht die Nerven verlieren.»

«Na, los, Nathan, geh rein! Worauf wartest du?», rief ich meinem Freund zu. Ich sah vor meinem geistigen Auge, wie er das Kirchenportal aufdrückte und in das helle Gewölbe des Mittelschiffs trat.

Jetzt hörte ich auch die Musik. Ich presste das Handy an mein Ohr. Es klang, als ob die Engel im Himmel singen würden. Überirdisch schön. Konnten Geigen solch sphärische Töne hervorbringen?

«Fehlanzeige», sagte Nathan trocken. «Hier probt nur der Chor der Knaben.»

In diesem Moment machte das Taxi eine Vollbremsung, und ich flog nach vorn. Ich stieß mit dem Kopf gegen den Vordersitz, und das Handy glitt mir aus der Hand.

Vor uns parkte mit eingestellter Warnblinkanlage ein

Laster, ein paar Männer entluden in aller Seelenruhe nackte Schaufensterpuppen.

Ich tastete auf dem Boden nach meinem Handy. Das Display war erloschen und die Leitung tot.

«*Ah, non! C'est pas possible!* Das gibt's ja wohl nicht», schimpfte der Taxifahrer. Dann drehte er sich zu mir um.

«Es ist besser, Sie steigen hier aus, Monsieur. Wenn Sie an der nächsten Ecke nach rechts abbiegen und die Straße entlanggehen, kommen Sie direkt zur Kirche. *Allez-y, allez-y*, zeigen Sie es dem Kerl», setzte er hinzu. Er hielt beide Fäuste hoch. «Ich drücke Ihnen die Daumen.»

Ich dankte meinem Freund, dem Taxifahrer, der sein Herz auf dem rechten Fleck hatte, solange es um seine Landsleute ging. Ich warf ihm einen dicken Schein hin, obwohl ich kein Russe war, schnappte mir das Handy und riss die Autotür auf. Es regnete immer noch. Ich warf einen letzten, bedauernden Blick auf meinen Regenschirm, der im Taxi bleiben würde, weil das Regenschirm-Sprinting niemals eine olympische Disziplin sein wird.

Und dann rannte ich los.

27

Es war nach halb elf, als ich an der Église Saint-Paul-Saint-Louis ankam. Mein Herz raste.

Vor dem Hauptportal der dreistöckigen Barockkirche, die wie ein Monument der Verheißung in den grauen Pariser Himmel ragte, stand eine Menschentraube.

Elegant gekleidete Menschen, unter bunten Regenschirmen eng zusammengedrängt, die trotz des schlechten Wetters lachten und schwatzten und in eine Richtung schauten. Offenbar warteten alle auf das Brautpaar. Es war noch nichts verloren!

Ich rannte an ihnen vorbei, auf das Portal der Kirche zu, das weit offen stand. Die Kirche war leer. An den Bänken hingen kleine bunte Blumensträuße. Wo war Isabelle?

Ich drehte mich um und ließ meinen Blick über den Platz schweifen. Und dann sah ich das, was alle anderen auch sahen, und mein Herz blieb stehen. Langsam zoomte ich die Szene heran.

Ein alter himmelblauer Citroën stand am Ende des

Platzes an der Straße geparkt. Um die Stoßstange hatte jemand eine dicke weiße Schleife aus Tüll gebunden. Die Menschentraube wogte dem Wagen entgegen wie eine bunte Welle. Vor dem Citroën unter einem schwarzen Schirm stand unverkennbar Snape und half der Braut aus dem Wagen. Man sah ihr weißbestrumpftes Bein und ein kleines Stück vom Schleier, der sich einen Moment in der Autotür verfing. Doch was war das? Die Braut stieg nicht aus.

Ich kniff die Augen zusammen, um besser sehen zu können. Und dann begriff ich es endlich. Ich stand da, unfähig mich zu bewegen.

Snape half der Braut nicht auszusteigen. Er half ihr einzusteigen. Dann machte er seinen Regenschirm zu, ging auf die andere Seite und setzte sich hinter das Steuer. Ich hörte das Knallen der Autotür. Ich nahm wahr, wie der Motor ansprang und der Wagen unter den Beifallsrufen der Gäste langsam losrollte.

Das Letzte, was ich sah, war eine kleine weißbehandschuhte Hand, die aus dem halbgeöffneten Fenster winkte.

Ich war zu spät gekommen.

28

Ich ließ mich auf die Stufen der Kirche sinken und starrte dem Hochzeitsauto nach. Ich saß inmitten von Rosenblättern, aber es hätte ebenso gut auch Hundescheiße sein können.

«Kommen Sie auch noch mit ins Restaurant?», fragte jemand, der sich aus dem Nichts vor mir materialisierte.

Ich senkte den Blick. Ich sah auf einen grün karierten Regenschirm, dann auf den jungen Mann, der ein paar Stufen unter mir stand. «Tolle Hochzeit, was?», fragte der Mann mit dem Schirm. «Ein schönes Paar.» Er nickte begeistert.

Ich starrte ihn an wie ein waidwundes Tier. Er hatte das Messer, das in meinem Herzen steckte, noch einmal umgedreht.

«Gehören Sie auch zum Orchester?» Offenbar umgab mich die Aura eines russischen Musikers, der gerade seinen melancholischen Einbruch hat, eben das, was man gemeinhin die russische Seele nennt.

Ich machte eine unbestimmte Bewegung mit dem Kopf.

«Sie sind sicher ein Freund von Dimitri, was?», fragte der Mann mit dem Schirm kumpelhaft. Es hätte nicht viel gefehlt, und er hätte mir auf die Schulter geklopft. «Ein klasse Typ, dieser Dimitri», setzte er hinzu.

Meine Augen verengten sich, und ich überlegte, ob ich diesen freundlichen jungen Menschen einfach niederschlagen sollte.

Aber mit einem Mal traf mich die Wucht meines einsamen Unglücks wie eine dieser schweren Kugeln, mit denen man Häuser einreißt. Ich stand auf, schwankte einen Moment, und dann ging ich die erste Stufe hinunter.

«Nein, nein», sagte ich müde, «kein Freund. Ich gehöre gar nicht zur Hochzeitsgesellschaft. Ich bin eigentlich nur zufällig hier.»

Es hatte zu regnen aufgehört. Ich ging los, ohne zu wissen, wohin.

29

Manchmal kann man auf einem der schönsten Plätze der Welt sitzen, und es kann einen nur noch trauriger machen.

Ich weiß nicht, ob die Place des Vosges einer der schönsten Plätze der Welt ist, weil ich noch nicht an allen Plätzen dieser Welt gewesen bin. Ich weiß nur, dass es einer der schönsten Plätze von Paris ist, und dass ich hier nun schon seit zwei Stunden saß.

Wie betäubt war ich durch das Marais gelaufen und dann irgendwann in dieser kleinen Oase der Stille gelandet, die mich in all ihrer Vollkommenheit unendlich traurig machte.

Ich saß auf einer Bank wie ein alter Mann, der sehr viel Zeit hat, und war vorübergehend aus dem Leben mit all seinen Zufällen und Unwägbarkeiten ausgestiegen. Alle Hast war von mir abgefallen. Ich war ein Betrachter, ich spielte nicht mehr mit.

Selbst mein Handy hatte das kapiert und seinen Geist aufgegeben.

Gestern, vor hundert Jahren etwa, war ich guter Dinge in die Mittagspause gegangen. Es war nicht einmal vierundzwanzig Stunden her. Fast vierundzwanzig Stunden war ich einem Traum nachgejagt, an den ich geglaubt hatte wie an nichts sonst.

Es war vorbei, und von der grünen Bank aus, auf der ich saß und die erhabenen Häuser betrachtete, die den Platz in einem perfekten Quadrat umgeben, stellte sich die Frage, ob ich diese ganze wundersame Liebesgeschichte nicht eigentlich nur erfunden hatte. Eine Liebesgeschichte in Gedanken. Ohne ein Wort, ohne einen Kuss. Und doch das Schönste, was ich je erlebt hatte.

Es würde mir schwerfallen, Isabelle zu vergessen. Welche Frau sollte noch kommen, die sich mit ihr messen konnte?

Meinem unerreichten Engel, der sich wie das Schneemädchen, das für den Liebsten durch das Feuer springen muss, in Luft aufgelöst hatte. Von dem mir nichts blieb als ein kleines weißes Winken, das nicht einmal mir gegolten hatte.

Ich war zu unglücklich, um die Schönheit der Place des Vosges zu würdigen. Aber ich war bedauerlicherweise nicht zu unglücklich, um Hunger zu empfinden.

Wenn mein Magen nicht laut geknurrt hätte, wäre ich vielleicht immer weiter in meinem Schmerz dort sitzen geblieben. So aber stand ich langsam auf und sah den Realitäten ins Gesicht.

Ich hatte seit heute Morgen nichts mehr gegessen. Und Julie wartete in der Buchhandlung auf mich.

30

«Lass mal sehen», sagte Julie. Ich hielt ihr mein Handy hin. Ich war seit fünf Minuten in der Buchhandlung und hatte noch nicht die Zeit und die richtigen Worte gefunden, um Julie auf den letzten Stand der Dinge zu bringen. Es fiel mir schwer, darüber zu reden, und dass die Sache ein schlechtes Ende genommen hatte, sah Julie auf den ersten Blick.

«Oje», sagte sie, als ich zur Tür hereinkam.

«Tja, die Sache ist wohl gelaufen», sagte ich und winkte ab. «Entschuldige, dass ich jetzt erst komme, ich hab ein paar grauenvolle Stunden hinter mir.» Immerhin hatte ich eben noch eine Kleinigkeit gegessen und fühlte mich nicht mehr ganz so wacklig auf den Beinen.

Julie nahm mich kurz in den Arm. «Ach, Antoine», sagte sie, «das tut mir so leid. Ich hab eben schon versucht, dich anzurufen, aber dein Handy war nicht an.»

«Ist mir hingefallen», sagte ich.

Und dann schaute sich Julie mein Handy an. Sie drehte es um, machte eine kleine Klappe auf und nahm die

SIM-Karte heraus. Sie pustete in die Öffnung, steckte die Karte wieder zurück und wartete einen Moment.

«So», sagte sie zufrieden, «das zumindest funktioniert wieder. Du musst nur deine PIN eingeben, dann kannst du wieder deiner Lieblingsbeschäftigung nachgehen.»

«Du kannst richtig gemein sein, Julie», sagte ich.

«Ich weiß.» Sie sah mir zu, wie ich die Nummer eingab, dann klingelte die Türglocke, und ein Kunde betrat den Laden. Julie stand auf. «*Bonjour, Monsieur.* Wenn ich Ihnen helfen kann, sagen Sie mir Bescheid.»

Der Kunde sah zu uns herüber. «Danke, ich will mich erst mal ein bisschen umschauen.» Julie nickte freundlich, und der Herr vertiefte sich in die Bildbände. Dann schien ihr etwas einzufallen.

«Ach, Antoine, bevor ich es vergesse, da war eben eine Kundin, die hat nach einem Roman gefragt, der angeblich bestellt war. Sie sagte, du hättest ihr auf den Anrufbeantworter gesprochen. Ich hab aber nichts finden können.»

«*Was?*» Ich packte sie an den Schultern.

«Antoine, was ist, du wirst ja ganz blass.»

«Julie», sagte ich heiser, und das Herz schlug mir bis zum Hals. «Wie sah die Frau aus? War sie blond? Hieß der Roman ‹Rendezvous im Café de Flore›? Hatte sie vielleicht einen roten Schirm dabei?» Mein Griff wurde fester, und Julie zuckte zusammen.

Sie nickte. Mit einem Mal wurde sie auch ganz blass, und ich glaube, sie begann zu verstehen.

«Antoine, wie hätte ich denn wissen sollen ... du hast

nichts von einem Buch gesagt», stammelte sie. «Oder von einem roten Schirm. Ich wusste ja nicht mal, dass sie blond ist ...»

«Schon gut, schon gut.» Ich schüttelte Julie bei jedem Wort, so aufgeregt war ich. «Wann war das ... wann?»

«Wenige Minuten, bevor du gekommen bist.»

Ich ließ Julie los. Ich presste die Lippen aufeinander. Ich verstand nichts mehr. Isabelle war im Hochzeitsauto weggefahren. Isabelle war in der Buchhandlung vorbeigekommen, und ich war wieder nicht da. Isabelle war hier gewesen. Alles andere war unwichtig. Sie war vor wenigen Minuten hier gewesen. Sie wollte mich sehen. Ich musste sie finden.

«Hat sie sonst noch was gesagt?», fragte ich. «Denk genau nach, Julie!»

Julie überlegte. «Nein ... sie hat nur nach dem Buch gefragt, dann ist sie wieder gegangen.»

«Hast du gesehen, in welche Richtung? Schnell!», stieß ich hervor. Der Kunde vor den Bildbänden verfolgte unser Gespräch mit großem Interesse, es war mir egal.

Julie kam mit zur Tür. «Sie ist die Rue Bonaparte runtergegangen – hier entlang ...» Sie zeigte in Richtung Seine.

Ich nickte. Ich ließ Julie stehen und lief los.

31

Den ganzen Vormittag hatte es geregnet. Jetzt, wo es darauf angekommen wäre, regnete es nicht. Nein, es wölbte sich kein strahlend blauer Frühlingshimmel über Paris – der Wind trieb dicke Wolken vor sich her. Aber der verdammte Regen blieb aus. Und deswegen hatte auch niemand seinen Schirm aufgespannt.

Mit klopfendem Herzen lief ich die Rue Bonaparte entlang, ich lief um mein Leben. Meine Blicke suchten die Straße ab nach einer blonden Frau, drangen durch Schaufenster und verglaste Türen, sausten nach rechts und links in die Rue Jacob, die Rue de l'Université, die Rue Visconti ... Wer sagte mir, ob sie nicht schon längst im Ladurée bei einem Himbeertörtchen saß oder sich irgendwo Schuhe kaufte, enttäuscht über einen Mann, dem sie ihr Lächeln geschenkt hatte und ihr Vertrauen, dem sie ihre Telefonnummer gegeben hatte und der nicht zurückrief und die hohe Kunst beherrschte, immer zur falschen Zeit am richtigen Ort zu sein.

Leise fluchend lief ich die Straße weiter. Wenn ich

nicht so lange auf der Place des Vosges gesessen hätte, wenn ich nicht noch diesen Salat gegessen hätte. Wenn, wenn, wenn ...

Wir hatten uns nur um wenige Minuten verpasst. Sie war ganz in meiner Nähe, aber wo?

«Wo bist du, Isabelle, wo bist du, meine Schöne?», flüsterte ich. «Zeig dich mir, bitte ... bitte.» Es klang wie ein Gebet.

Ich war am Ende der Rue Bonaparte angelangt und stand vor dem Quai Malaquais. Ich konnte nach rechts gehen, ich konnte nach links gehen, ich konnte in die Seine springen.

Ich sah keine Isabelle, und ich wusste nicht mehr, was ich tun sollte.

In einer theatralischen Geste breitete ich die Arme aus und blickte in den Pariser Aprilhimmel. «Jetzt tu doch was, tu endlich was!», rief ich verzweifelt, und ich wusste selbst nicht genau, an wen sich dieser Hilfeschrei richtete, an mich, an die dicke graue Wolke über mir oder an Gott, wenn es ihn gab.

Auf jeden Fall hatte irgendjemand meinen Schrei gehört. Erst dachte ich, dass es Tränen waren, die mir über die Wangen liefen, dann spürte ich, dass es Regentropfen waren.

Die Ampel wurde grün. Ich lief hinüber und starrte angestrengt in beide Richtungen. Der Verkehr brauste an mir vorbei. Auf der Seine unter mir fuhren Boote. Entlang des Quais bewegten sich Gestalten mit und ohne Regenschirm. Ich sah nach links zum Pont du Carrousel.

Ich sah nach rechts zum Pont des Arts. Und dann entdeckte ich einen roten Tupfer, der sich auf die Brücke zubewegte.

32

Ich flog an den Ufern der Seine entlang wie im Traum. Rannte ich? Ich kann es nicht sagen. Ich spürte meine Beine nicht, es war alles ganz leicht. Der rote Schirm zog mich zu sich wie ein Magnet. Der Regen berauschte mich wie Champagner. In wenigen Minuten hatte ich sie eingeholt.

Sie ging vor mir her in ihrem Trenchcoat, nichts ahnend, die blonden Haare flossen über ihre Schultern wie Honig, der rote Schirm wippte bei jedem ihrer Schritte.

Ich kostete diesen kleinen Augenblick unvorstellbaren Glücks, der nur mir allein gehörte, ein paar Sekunden aus. Dann sagte ich ihren Namen.

«Isabelle», rief ich leise, und dann noch einmal: «Isabelle.»

Sie drehte sich um. Vor mir stand die Frau, die ich mit meinem Herzen umarmen wollte. Ich sog das Bild in mich auf wie jemand, der die Wüste durchquert hat und den ersten Schluck Wasser trinkt. Ich schwor mir, diesen Moment niemals zu vergessen.

Isabelles braune Augen weiteten sich vor Überraschung, und kleine Goldpartikelchen funkelten in ihrem Blick. Sie sah mich schweigend an. Sie schien erstaunt, irritiert, verärgert, glücklich.

«*Mon Dieu!* Wo kommen *Sie* denn auf einmal her?», fragte sie.

Ich zeigte nach oben. «Bin direkt vom Himmel gefallen.»

Sie verzog den Mund zu einem Lächeln. Ich lächelte auch.

«Sie haben aber ziemlich lange gebraucht», sagte sie dann und sah mich streng an. «Ich werfe nicht jeden Tag einem Fremden meine Telefonnummer hin, wissen Sie?»

«Ich weiß, Isabelle, ich weiß ...» Ich hob meine Arme in einer Geste, die ihr zeigen sollte, dass ich unschuldig war. Ich würde mich auf den Boden werfen und ihre wunderhübschen Füße küssen, damit sie mir verzieh.

«Wie haben Sie mich überhaupt gefunden?» Es klang versöhnlich.

«Och», winkte ich ab, «das war ganz einfach.» Sie sah mich überrascht an.

Ich warf einen Blick auf die Uhr. Es war kurz vor drei. Ich schloss für einen Moment die Augen und atmete tief durch.

«Es war die Hölle», sagte ich. Ich würde ihr alles erzählen. «Wissen Sie, dass ich seit vierundzwanzig Stunden auf den Beinen bin, um Sie wiederzufinden, Isabelle? Ich bin kreuz und quer durch Paris gejagt wie ein Idiot, immer auf der Suche nach Ihnen. Noch niemals in meinem ganzen Leben bin ich einer Frau so hinterhergelaufen, noch niemals.»

Ich konnte sehen, dass sie beeindruckt war. Sie zögerte einen Moment.

«Wollen Sie nicht unter meinen Schirm kommen, Sie werden ja ganz nass», sagte sie dann.

Ich war schon ganz nass, aber was machte das schon. Ich trat zu ihr, fragte: «Darf ich?», und hakte mich bei ihr ein. Wir spazierten unter einem roten Regenschirm durch den leisen Frühlingsregen, und es fühlte sich gut an. Es fühlte sich so an, wie ich es mir vorgestellt hatte. Ich fing an zu erzählen. Sie hörte zu. Wenige Meter später hatte ich meinen Arm um sie gelegt. Sie ließ es sich gefallen und schmiegte sich an mich. Ich roch ihr Parfüm und den Duft ihrer Haare, der sich mit dem Geruch des Regens vermischte. Ich erzählte weiter. Sie hing an meinen Lippen. Sie lachte. Sie schrie: «Oh nein!», und schlug sich die Hand vor den Mund. Sie warf mir einen eifersüchtigen Blick zu. Sie sagte spöttisch: «Geschieht dir recht!» Sie stöhnte entsetzt.

Sie machte «Hmm, hmm». Sie kicherte. Sie unterbrach mich: «Meine Tante *hat* mir nichts ausgerichtet. Ich hab erst am Morgen die Nachricht auf dem Band entdeckt.» Sie protestierte: «Das ist nur mein Cousin.» Sie blieb stehen und sah mich zärtlich an.

«Du Dummkopf», sagte sie, «du riesengroßer Dummkopf. *Ich* habe doch nicht geheiratet. Dimitri hat geheiratet. Die Braut ist eine Freundin von mir.»

Ich war am Ende meiner abenteuerlichen Geschichte angelangt, und wir standen am Pont Neuf. Die Brücke spannte sich über die Seine wie ein Versprechen und schien uns einzuladen, sie zu betreten, wie Tausende von Liebenden vor uns und Tausende, die nach uns kommen würden.

Isabelle stand vor mir, und alles war gut.

Ich konnte nicht anders, ich musste sie küssen. Ich senkte meine Lippen auf die ihren. Sie waren weich und salzig und süß zugleich. Isabelle öffnete ihren Mund, und ich war im Paradies.

Ein leises Läuten drang an mein Ohr. Es waren die Glocken von Notre-Dame.

Isabelle löste sich sanft von mir. «Dein Handy», sagte sie leise.

Ich schüttelte unwillig den Kopf.

«Geh doch ran, vielleicht ist es wichtig.»

Seufzend zog ich mein Handy aus der Tasche.

«*Oui?*», fragte ich ungeduldig.

«Hallo? Spreche ich mit Antoine Bellier?»

Eine Frauenstimme.

«Ja», sagte ich noch einmal. «Was gibt's?»

«*Ah, bon!* Hier ist Veronique Favre», sagte die Stimme. «Sie hatten eine Nachricht auf meinem Anrufbeantworter hinterlassen ... wegen eines Buches. Aber Monsieur, das muss eine Verwechslung sein, ich habe nämlich gar kein Buch bestellt.» Sie klang aufgeregt.

Ich lachte. Ich lachte so laut, dass Isabelle mich erstaunt ansah. Ich blickte in den Himmel und lachte die Wolken an, und dann zwang ich mich, einer Veronique, die irgendwo in Paris wohnte und kein Buch in der Librairie du Soleil bestellt hatte, eine Antwort zu geben.

«Das ist schon richtig, Madame», erklärte ich ausgelassen. «Eine Verwechslung. Aber ich habe inzwischen die richtige Frau gefunden ...»

Ich zwinkerte Isabelle zu und steckte mein Handy weg. Wir schlenderten über den Pont Neuf, natürlich hatte es aufgehört zu regnen, Isabelle klappte ihren roten Schirm zu und fragte: «Und ... was machen wir jetzt?»

«Jetzt ...», sagte ich, nahm sie bei der Hand und ließ mir Zeit mit der Antwort, «jetzt werden wir das tun, was ich schon seit gestern Mittag mit dir tun möchte.»

Wir verließen die Brücke und gingen zur Place Dauphine hinüber, die still und friedlich im Herzen von Paris schlummerte.

«Und das wäre?», fragte Isabelle.

Ich grinste. «Darf ich Sie zu einem Kaffee einladen, Madame?»

«Aber ja, Monsieur, ich bestehe darauf.» Sie lächelte, und ihre Augen funkelten übermütig.

Es war wie ein Zeitsprung. Gestern und heute wurden plötzlich eins, flossen zusammen in diesem bezaubernden Lächeln, das mein Herz zum Klopfen brachte und mich Kaffeetassen umstoßen ließ. Nur würde ich heute kein Buch verkehrt herum halten. Und schon gar nicht lesen. Ich hatte meinen eigenen Roman gefunden.

Arm in Arm gingen wir über die Place Dauphine und suchten uns ein nettes kleines Café.

Und so begann der aufregende Rest meines Lebens.

Weitere Titel

Das Lächeln der Frauen

Die Frau meines Lebens

Die Zeit der Kirschen

Du findest mich am Ende der Welt